GOBOOKS
& SITAK
GROUP©

U0000219

GOBOOKS
& SITAK
GROUP©

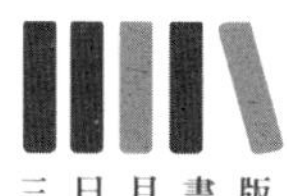

三日月書版

三日月書版

輕世代
FW149

2

滅世審判

第二審 懶惰

YY的劣跡 著　水々 繪

三日月書版

滅世審判

目錄

Chapter 1 懶惰（一） 11
Chapter 2 懶惰（二） 23
Chapter 3 懶惰（三） 35
Chapter 4 懶惰（四） 45
Chapter 5 懶惰（五） 57
Chapter 6 懶惰（六） 69
Chapter 7 懶惰（七） 83
Chapter 8 懶惰（八） 93
Chapter 9 懶惰（九） 103
Chapter 10 懶惰（十） 115
Chapter 11 懶惰（十一） 127
Chapter 12 懶惰（十二） 139
Chapter 13 懶惰（十三） 153
Chapter 14 懶惰（十四） 173
Chapter 15 懶惰（十五） 185
Chapter 16 懶惰（終） 197
Side Story 未來魔王陛下與管家的日常 205
Side Story 魔物與人類 223

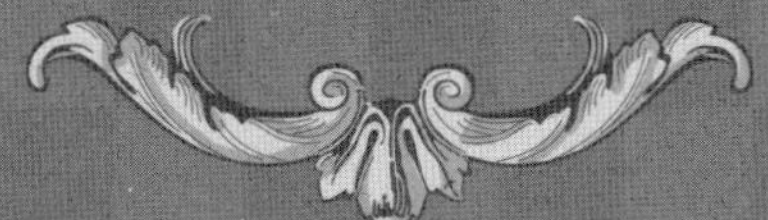

Wang Chen
王晨
性　　別：男
年　　齡：22（？）
身　　份：大學畢業生
處　　境：待業
隱藏身分：魔王候補
真實處境：隨時面臨來自其他魔王候補的生命威脅，刻苦修煉中。
性　　格：只要不受到外力逼迫，就是得過且過的性子，而一旦發現被人逼到無路可走，就會狠狠反撲。意外地，非常堅持自己的原則，誰都無法動搖。
評　　價：外表看似無害，其實是一隻披著羊皮的獅子，建議不要輕易招惹他。
危險等級：★★★⯪☆

威廉

性　　別：男

年　　齡：未知

身　　份：王晨的魔物管家

處　　境：一心輔導殿下成為下一任魔王

隱藏身分：不明

真實處境：不明

性　　格：理智而冷漠，十分擅長玩弄手段，
為實現目的，甚至不惜與敵人合作。
情感淡漠，本不該有在意的事物。
意外地，十分堅持讓王晨繼任魔王，信念堅定。

評　　價：外表孤傲，拒人千里之外，
但其實是個內心比表徵更恐怖的傢伙，
強烈建議絕不能招惹他。

危險等級：★★★★★

Chapter 1

懶惰（一）

如果上天突然決定奪走一切，財富、健康、生命，賜予你死亡，然後將你的一生記在一張紙上，而你卻發現，這張屬於你的紙只有區區幾行字。

沒有波瀾起伏的經歷，沒有豐富的色彩。

你最終明白，自己竟然一無所得。

這時，你也許會記起兒時曾許下的夢想，記起那時的誓言。

可是後來，它們都去了哪？

夜深人靜，人正酣睡。

N市，第二軍區情報部。辦公室內一個軍服筆挺的男人聆聽對話那端的指示，不斷點頭。

「是，少將，我們已經做好準備，隨時支援他們！」

「是，絕對要控制住事態，不讓情況繼續惡化。」

須臾，他掛斷電話，想著這件令人頭大的事情，臉上顯出幾分憂慮。

「上校。」站在一旁的副官小心翼翼地問：「這次的人究竟是什麼來頭，要讓我們全力協助？」

「別多問。」上校揉了揉眉頭，「這件事不是我們該知道的。」

作為一個中級軍官，在這個龐大的權力系統內部不過是一枚棋子，很多事情，只能看不能問。上校看向窗外，在一片茫茫黑暗中，只有幾顆星辰散發著微弱的光芒。

而N市的前景，似乎也與這微光相互映襯。

威廉宅，王晨坐在沙發上，手捧平板電腦正看得入神，平板就被一隻大手奪了過去。

「殿下。」威廉站在他身後，很是不贊同地道：「玩電子產品時請把房間的燈打開，如果您還想保護您的眼睛。」

「威廉，我發現你越來越像保母。」王晨無奈地看著他，「我們又不是一般人，何必在意這些細節？」

魔物管家迅速地打開屋內大燈，才將平板再次遞回王晨手中。

「即使是魔物，也要管理好自己的身體。我們不知何時就會面臨戰鬥，必須保證自己隨時都處在最佳狀態，尤其是您現在的處境，並不是那麼令人安心。」

「是是是，你說的都對，下次注意。」

王晨揮了揮手，拿過平板翻看聊天紀錄，將被威廉打斷而忽略的資訊重掃一遍。

在解決了上次的利維坦事件後，威廉建議他暫時在家休養一陣，以避風頭。王晨待得無聊，只能在網路上找找樂趣。

這陣子他湊巧進了一個聊天室，有很多能言善道的人，王晨經常看他們說話，覺得挺有意思，就比如現在聊的這一段：

十缺九損：知道人類與動物的區別在哪嗎？

懶豬：人類比較聰明？

路人甲：這個我知道。人類一整年都發情，而動物有固定的發情期。

王晨看到這裡差點被嗆出聲。他回頭看了威廉一眼，突然想問一下魔物是否有發情期。

懶豬：是這樣嗎？

路人甲：對啊，是不是很棒？我們既不用擔心生孩子時找不到對象，也不用為交配權和同性廝殺，動輒丟了性命。人類有穩定的夫妻制度，確保每個人的配偶權，等到互看不順眼了，還可以離婚找下一個對象，揮一揮衣袖，不留下一片雲彩，要多瀟灑就有多瀟灑。

懶豬：你說的好像挺有道理……

王晨看見這一段，默默地點了點頭。

路人甲：不是好像，而是本來就是真理。你見過別的動物，像我們這樣無憂無慮地享受愛情嗎？

懶豬：那倒是沒有。這麼說起來，人類其實是一年四季都發情的生物？

路人甲：……我希望你能換個優美點的說法，比如說尋找真愛。

懶豬：尋找真愛的發情期？

路人甲：……

十缺九損：這就是我要說的。

提出問題後一直沒說話的命題人終於出聲了。

十缺九損：據我觀察，人類不同個體的智商差異在所有種族中最為懸殊。有時候，兩個個體之間的差距，會讓我覺得根本是兩種生物。

懶豬：什麼意思？我看不懂。

十缺九損：你不需要懂。

路人甲：……

看見懶豬還在發問，王晨真的很替他汗顏。在不知不覺間被人冷嘲熱諷一番，卻還一無所知，真不知這是幸運還是不幸。

而那個叫十缺九損的人，則是聊天室裡公認的毒舌，說話毫不留情，經常把對方說得下不了臺。說起來，在聊天室裡唯一和他關係好的，竟然是懶豬。

大概是因為懶豬天性遲鈍，對於這類精神攻擊不敏感，所以兩人才能誤打誤撞地交好吧。當然，很可能是懶豬單方面地交好。

看見王晨對著平板露出愚蠢的笑容，旁觀的威廉不解道：「這很有趣？」

「當然。」王晨道：「網路對人類來說就像另一個世界。想要觀察人類，簡直沒有比這更適合的地方。在這裡，你可以看到他們平時不輕易顯露出來的一面。」

威廉看向他，突然問：「您也是嗎，會在這裡展現出另一個自己？」

王晨抬頭，看著他一笑：「你猜？」

兩人對視，眼中湧動著一股暗流。

而這時，懶豬終於在旁人的指點下明白了十缺九損那番話的意思，聊天室裡又是一番腥風血雨。

懶豬：搞半天你竟然是在損我！

十缺九損：呵呵。

懶豬：我的智商有那麼低嗎？

十缺九損：不低，只是恰好跨越了種族的下限。

懶豬：【嘔出一口血。】

王晨抽空看了一眼，順手回覆。

陛下：哪個種族的下限？人類，還是……

以下的話沒有說出來，他tag了懶豬的名字，一切已經不言而喻。

N市某間房內，劉濤看著螢幕上的這一行字，差點氣得吐血。這些人真當他好欺負，士可殺不可辱，他捲起衣袖，準備大幹一場。一時之間，屋內只有打字的啪啪聲。

「砰！」

就在此時，房門猛地被推開。

劉濤打字的手一抖，僵硬地轉過頭。只見他老媽板著一張臉，像個巡視戰場的將軍一樣，將屋內環視了一圈。劉濤停下打字，心裡有不好的預感。

「又搞得一團糟！」

果然，劉濤母親看見一地的狼藉，氣沖沖地進屋，走到窗前一把拉開窗簾。霎時，屋內大亮，窗外明媚的陽光照射進來。

「媽，拉上它，太亮了，好刺眼！」長時間不見天日的劉濤捂著臉，發出慘叫聲。

「臭小子，說什麼鬼話？」劉媽媽瞪了他一眼，「一大早陽光那麼好，你把窗簾拉那麼緊幹什麼？」

坐在電腦前，頂著一頭亂髮的劉濤從指縫中看她。

「太陽是太陽，我是我，妳不知道有些人就是見不得光嗎？媽，妳就這麼狠心要滅了我？」

「滅你？我巴不得打死你，當作沒生你這麼個兒子。」

劉媽媽走上前，狠狠揪著他的耳朵。

「一天到晚就知道胡言亂語，要不就是上網打電動！我叫你去公司面試，怎麼不去？說什麼在網路上投履歷，我看你只知道玩！你能不能有點出息，臭小子。」

「哎，疼疼疼！」劉濤哀叫道：「我這不是正在找嘛。現在的工作不是那麼好找，我投了履歷，人家有眼不識泰山我有什麼辦法？」

「泰山？我看你是垃圾山。」

他母親不滿地瞪了他一眼，還是鬆開手，彎腰收拾一地的垃圾，一邊問：「你是不是又熬夜沒睡，在電腦前坐了一整天？」

「嘿，嘿嘿，這個……」劉濤尷尬笑著，試圖糊弄過去。

然而，他老娘可不是這麼好糊弄的。她放下手中垃圾，再次走過去一把捏住他耳朵。

「整天悶在房間裡，不知道出去運動運動？再懶下去，我看你早晚變成豬！整天對著臺死機器，有那麼好玩嗎？」

好玩的可多了，劉濤偷偷在心裡嘀咕了一句，沒敢吭聲。

「一天到晚混吃等死，你這樣下去怎麼找女朋友？誰來給我做媳婦？啊！」

「疼疼疼！媽，我錯了，我錯了。」劉濤忙不迭地求饒，好不容易讓老媽心軟放過了他耳朵。

他低下頭，一邊揉著通紅的耳朵，一邊喃喃道：「找不到女朋友也不能怪我啊，人家不是說了嗎，性別不同怎麼談戀愛……」

「你小子又胡說八道些什麼？」

「我什麼都沒說！」劉濤趕緊閉嘴。

「我告訴你，今天不准再悶在家裡。我看過電視上那些專家說你這種情況叫網路成癮，要用電擊治療！」

「媽呀！」劉濤嚇得高聲叫道：「妳還是我親媽嗎？電死我算了！」

「不想被電？」老媽狠狠笑著，扔過一張名片。「給我去這個地方，好好治治你的毛病。明天要是還是這副模樣，我立刻把你送到網癮戒治中心去！」說完，毫不留情地拎著垃圾出去，重重地一摔門，留下滿室回音。

在她走後，劉濤趕緊拉上窗簾，然後洩氣地躺在床上，手上翻著那張名片，嘀咕道：「心理診所？都是騙錢的，誰會去啊，又不是笨蛋。」

「我告訴你！」門再次被打開，傳來河東獅吼。「你要是不去，我就真的送你去電擊治療！」

啪的一聲，威武的老媽又把門關上，房內傳來劉濤一聲慘叫。

「我去還不行嗎！」

Chapter 2

懶惰（二）

「心理診所？」

王晨瞪大眼看向魔物管家，「你讓我去那做什麼？」

他想了想，自己最近沒做錯什麼事啊。難道是上次的事情，讓威廉覺得自己身為一個魔物還不合格？

不，不對，就算是那樣，去人類開的心理診所有什麼用？

就在王晨越想越多的時候，威廉終於開口了。

「這並不是普通的心理診所，殿下。」他說：「這是我們的同胞潛藏在人類中開設的診所。畢竟那裡會有各種各樣的人類來往，也可以算是食物中繼站，是我們的重要聚集地。」

食物中繼站？

王晨想了想，去心理診所的大多是有心理疾病的人，情緒異常的人肯定特別多，對於魔物來說，不就等於是擺滿食物的食堂嗎？讓一個魔物去開心理診所，就等於將一隻狼放進羊群裡。

這麼一想，難道威廉是想讓他去心理診所捕食？王晨疑惑地看向對方，魔物管家微微一笑。

「我想對於現在的您來說，那裡是一個適合的地方。」

「好吧。」王晨妥協，問：「那家診所叫什名字？」

文侑心理診所。

從計程車上下來，劉濤默念了一遍眼前的巨大招牌，拉一拉帽子，警戒地看著周圍。

今天出門之前，他特地打扮了一番，黑風衣、黑眼鏡，配上一頂寬簷帽，將臉遮得密不透風，只有這樣，他才覺得有幾分安全感。但在周圍的人看來，他卻是形跡可疑，這一副《駭客任務》的打扮，吸引了不少人的注意。

劉濤收緊衣領，碎碎念著什麼，快步向大樓內走去。

這時如果有人走近，就能聽見他的喃喃自語。

「不要看我，不要看我，不要盯著我啊。」

他神經質一般地嘀咕著，躲避周圍人的視線，卻不知這樣更加引人注目。

好不容易走過人來人往的大廳，劉濤登上電梯，電梯一層一層上升，在目標樓層停了下來。大門打開，打扮時尚的男男女女四處走動著，精英氣息撲鼻而來。

劉濤瑟縮了一下，再次拉低了帽簷。

他加快步伐，向十二樓的東區走去，找到一家掛著「文侑心理診所」牌子的公司，走到前臺。

「您、您好，請問您是？」

即便是訓練有素的前臺小姐，面對這詭異的風衣人也有些結巴。

低低的帽簷下，劉濤故意沙啞著聲音。

「我叫劉濤。」

「好的，劉先生，請問您是來治療還是諮詢？有預約嗎？」

「我來治病，我媽說有病，得找你們的醫生看看。」

「噗嗤。」前臺小姐捂著嘴，使勁憋笑。「好的，那我幫您查一下是否有預約。已經確認，劉先生您是十點的預約，請去裡面左拐那間房，醫生正在等您。」

「先生，竟然叫我先生……」第一次被人這麼正式地稱呼，劉濤一邊出神自語，一邊向裡面走去。

而在他走後，前臺的姑娘們哄然一聲笑出來。

「沒見過這麼奇怪的傢伙！」

「來心理診所的有幾個是正常人？但是這傢伙還真奇怪，他以為自己在演《駭客任務》嗎？」

後面姑娘們的低笑聲劉濤完全聽不見，此時，他看著面前寫著「文侑診療室」的牌子，猶豫著該不該推門進去。

僅僅一扇門，對於許久足不出戶的宅男來說，不亞於一個巨大的挑戰。

他幾次伸出手想觸碰門把，卻總在碰到的前一秒縮了回來。不過幾秒鐘，臉上竟然浮現一層薄汗。

一想到馬上就要進去心理診所，聽他們議論自己的心理問題，對於劉濤來說，等於是將傷口赤裸裸地呈現在陌生人面前，在那些審視的目光下，承認自己是個不正常的人。

他的手微微顫抖著，有幾分打退堂鼓的意思。

啪，就在此時，門從內側打開了。

一個人探出身，笑咪咪地看著他，「劉先生是嗎？請進。」

「我……」劉濤有些結巴。

「你母親已經聯繫過我們了，她非常擔心你的現狀。今天的會面，我希望彼此能有個友好的交流。」

別人話都說到這個分上了，劉濤還怎麼拒絕？他咬了咬牙，跟著進去了。

這是一間十分寬闊、裝修舒適的房間。向陽那面有一扇巨大的落地窗，陽光從外面照進來，灑落在地毯上，給人溫暖的感覺。屋內家具並不多，靠牆有一排堆滿書的書架，正中則是一套沙發組，坐上去應該很舒服。

出乎意料的是，劉濤進來以後緊張感消退了很多。

落地窗透光性很好，室內一片明亮。辦公桌旁，一個看起來和他差不多年紀的年輕人正看著他。那眼神既沒有好奇，也沒有令人不適的打量，不會讓人升起警惕心。

這傢伙還不錯。劉濤同樣看著對方，心下暗道。

他環顧這房間一圈，走到沙發邊坐下，軟綿綿的，果然很舒適。

劉濤在沙發上放鬆時，心理醫師拿了一份資料過來。

「我們受你母親所託，來幫助你解決一些問題。據她所說，你最近並不太愛出門。」

「我沒有什麼問題。」

「抱歉，請不要誤會我的意思。我並不是指你一定有心理問題，也許只是一些生活習慣上的小毛病，但是長此以往可能會演變成……」

劉濤不耐煩地打斷他，「我說了，我沒有什麼問題！」

心理醫生放下報告，看著抗拒的劉濤，無奈道：「劉先生，我希望你不要把我看成是你的敵人。畢竟在這裡，我們的目的都是一致的，就是讓你回到正常的社會生活中。」

「正常」兩個字刺激了劉濤，讓他情緒一下子激動起來。

「我哪裡不正常？哪裡？難道所謂的正常就是非要過著和你們一樣的生活，按照你們的規矩過嗎？你一個外人，有什麼資格評價我的生活？」

他看著眼前的心理醫生，色厲內荏道：「聽著！我來只是為了讓我媽安心，不是聽你們這些專家胡說八道。如果你想藉此大賺一筆，很抱歉我家沒錢，你們從我身上得不到什麼。」

對於這番指責，醫師並不生氣，等他說完了才緩緩道：「事實上，通過這五分鐘的相處，我們已經發現你身上確實有一些問題。」

「你就瞎扯吧。」劉濤一臉不信。

醫師笑了笑，對身後辦公桌邊的年輕人道：「實習生，你來說。」

站在窗前的年輕人走上前，靜靜地打量著劉濤。不知為何，被這一雙安靜的黑眸看著，劉濤就不由自主地緊張起來。

「進屋之前，你在門口站了五分鐘，猶豫著該不該進來，這說明你害怕未知的環境，不敢輕易接觸外界。」

實習生又道：「進來以後，你沒有和我們任何一人打招呼，而是自行走到沙發邊坐下，這表明：其一，在你腦海中沒有應有的人際相處禮儀，作為一個成年人來說，這很不禮貌。其二，在任何地方，你都想找個能夠依靠的角落，這會讓你有安全感。而你在沙發上只占據一個小角，證明你下意識地拒絕與外界有更多接觸。」

劉濤呆愣地聽他說，像聽天書。

「還有，和醫生談話時，你毫不掩飾自己的反感和厭惡。雖然誠實不是不好，但是面對初次見面的陌生人，如此直白地表達自己的好惡，表明你很不擅長處理人際關係。

而且這裡是心理診所，你潛意識把我們當敵人，在敵人的大本營，你卻毫無顧忌地放狠話，不思考後果，說明你缺乏危機處理能力。

「綜上所述，你不僅缺少與外界交流的能力，甚至已經不適應這個社會，只窩在自己的小世界。情形再嚴重下去，這個社會會將你拋棄。要知道無論世界如何發展，人類都是群居動物，落單的個體只有被淘汰的命運。」

實習生這一番話說完，劉濤在原地靜了好久，好半晌，才愣愣道：「不、不就是宅嗎，有必要說得這麼嚴重？」

實習生看著他，輕輕笑道：「千里之堤，潰於蟻穴。疏忽小問題的人，往往都會倒在這些問題上面。你覺得呢？」

那雙黑眸直直看來，漆黑的瞳孔中似乎隱藏著別的什麼。劉濤扭過頭去，不敢再與對方對視。他想自己真是看錯人了，虧他剛才還覺得這個人好相處，沒想到說起話來這麼不留情面！

像是探測到他的心裡所想，實習生道：「如果我說得委婉一點，你就能接受嗎？恕我直言，如果不能正視這些問題，你的生活只會變得更糟糕。」

那口氣聽起來夾雜著一絲失望。

劉濤被觸動了某根敏感的神經，騰地站起來，怒視對方。「我不需要改變！你們自以為很瞭解我嗎？你們這些高高在上的人，又瞭解我什麼？」

他氣急敗壞地向門口走去，心想自己根本不該來自取其辱，讓這些傲慢的人品頭論足。這些人根本不瞭解自己！

砰的一聲，劉濤奪門而出，大門在他身後重重關上。

在他離開後，實習生王晨摸了摸自己的鼻子，無辜道：「我說得太過分了？」

于文侑笑著搖搖頭，「你判斷得很正確，只是他太過敏感。或許，人類就是這樣脆弱的生物。」

脆弱嗎？王晨看著劉濤離開的方向，若有所思。

另一方面，氣急敗壞地推門而出的劉濤，一出門就差點撞到一個人身上。

這人真高啊，他愣愣地想。隨後，高大男人淡淡瞥了他一眼，轉身走進屋內。

我靠，不就長得帥了一點嗎，有必要這麼囂張？劉濤氣憤地轉身就走，然而身後傳來的一道聲音，卻把他震驚在原地。

敬。

「殿下。」

只見半掩的門縫內，剛進屋的英俊男人正對著那實習生彎下腰，神情說不出地恭敬。

劉濤呆站在原地，直到大門在他眼前緩緩闔上，他都沒回過神。

兩個容貌出色的男性站在一起，氣質各異，氣氛卻無比融洽，不由讓人想入非非。

趕、趕緊回去上網！劉濤扭過頭，健步如飛。他一定要快點回去，把在現實世界看見執事與少爺的場面告訴眾基友們！今天總算沒有白來！

走到一樓時，著急的劉濤不小心撞到了人，他匆匆道了聲歉，頭也不回地走出大樓。

被撞到的陌生男子在原地佇足良久，一直看著劉濤離去的方向。許久，在旁人看不到的角落，男人瞇起雙眸，緩緩勾起唇角，露出一個陰鬱的笑。

那笑容詭異，就像是垂涎獵物的野獸。

Chapter 3

懶惰（三）

「威廉，你怎麼來了？」

剛送走病患就迎來了管家，王晨表示他有些驚訝。按理來說，現在正是魔物管家處理要務的時間，他不是應該在家裡忙得抽不出身嗎？

「您第一天到這裡實習，我當然要關心一下。」

威廉說著，轉頭看向于文侑。

「情況怎麼樣？」

于文侑笑一笑，「放心，殿下十分優秀，才不過半天時間，他已經能夠熟練地分辨人類的情緒。真是相當有天賦呢。」

王晨哼了一聲，並不為這個評價感到高興。

這不是明擺著嗎？對於魔物來說，人類的情緒顯而易見，十分容易分辨，讓魔物當心理醫生簡直就是作弊。畢竟人類有什麼想法，魔物都能輕易感知，就像是腦袋裡裝了一個情緒感知雷達。

剛才之所以能夠輕易地判斷出劉濤的心理，並不是王晨有多高超的讀心手段，而是在魔物看來，人類的每種情緒就像是不同口味的食物。區分人類是憤怒還是悲傷，就像區分食物是甜是鹹那麼容易。

不過……

王晨看向樓下。

「剛才那個人，好像有點不對勁。」

與一般人類不同，一接觸到劉濤時，王晨就聞到了一股不一樣的味道。簡單說，就像是在單調無味的白飯中混進一道咖哩雞丁，香味一下子就吸引了所有人的注意。

而對於魔物來說，只有精神發生異變的人類，才會散發出這麼誘人的香味。

「他是食物。」威廉說：「但不僅僅是我們的食物。」

「你這是什麼意思？」王晨問。

威廉沒有正面回答他，而是幽幽道：「走向墮落而不自知的人類，吸引的可不僅是魔物。」他注視著街道上匆匆而過的人群，似乎是漫無目標地掃過，又像是在追逐著什麼。

正是下班時間，街上的人們摩肩擦踵，疲憊的臉上堆滿了生活的不堪重負。誰也不知道，下一秒，有幾人會墮落為魔物的餌食。

也沒人知道，這座城市還隱藏著多少詭祕。

劉濤從心理診所失敗而回後，免不了被母親嘮叨一頓，但好歹也算是應付過去了。在答應了一場相親作為交易後，他又可以繼續宅在家裡上網。連續三天，他一直持續著這種足不出戶的狀態。

右手緊握著滑鼠，不斷滾動滾輪，下拉，下拉，下拉。兩眼緊緊盯在螢幕上，字元和畫面一閃而過。

【最新Y家原創歌曲排名，大家來投票】

【鬼畜傲嬌的蜜月之旅】

【十月新番介紹】

各種眼花撩亂的標題，吸引著他一次次去點擊。耳機內是一片喧囂，宛若一個繁華世界，然而在耳機外，屋內卻是一片寂靜。網路與現實，如此涇渭分明。

然而一個個看下來，劉濤漸漸覺得有些乏味。那些充滿吸引力的標題不再吸引他，他無神地坐在電腦前，突然不知道自己這一下午待在這裡是為了什麼。

即便網路可以把人們匯聚到一個虛擬空間，享受這個刺激、充滿趣味、沒有邊際的新世界，但是究其本質，人終究是活在現實的生物。在虛擬世界裡越是享受繁華，回到現實後，越是覺得空虛。

正愣神時，通訊軟體突然跳出一個對話方塊。劉濤一看，竟然是好久沒有說話的群組。

石原：好久不見啦，各位同學們還好嗎？今天特地來告訴大家一個好消息。

這是大學時的班級群組。畢業以後所有人各奔東西，基本上已經沒什麼人在這群裡說話了，劉濤一時好奇，就繼續看了下去。

同學甲：哎，老石好久不見，你不是在帝都混嗎？日子過得不錯吧。

石原：哪裡哪裡，得過且過。對了，今天主要是想告訴大家一個好消息，我要結婚了！十月分在帝都辦婚禮，有時間的都要給個面子來捧場啊！

同學乙：恭喜恭喜，未婚妻是帝都人嗎？

石原：嘿嘿，算是吧。

同學甲：哇，這可不得了，那老石以後就是帝都戶口了，金貴啊。

石原：哎，我這算什麼，我們班不是有好幾個出國了嗎？他們都混得比我好啊。

話題繼續下去，就變成了大家討論各自的工作與生活。這些年來，老同學結婚的結婚，出國的出國，哪怕再不濟的，也混了一份穩定工作。

說了很久，有人不經意地提起劉濤。

同學乙：哎，你們還記得濤子嗎？好久沒有他的消息了吧。

這一句話，卻沒有得到多少人關注，有人淡淡地回了一句「他很忙吧」，然後話題又轉移到下一個。

坐在電腦前，劉濤看著群組裡聊得熱絡，而他坐在房間裡，卻從心裡感到一股冰冷。以前交好的朋友、曾經一起玩鬧的同學，如今卻離他那麼遙遠。他看著他們，卻覺得已是兩個世界的人。

這些人如今都在為工作奔波，成家立業，娶妻生子。而他自己卻還是渾渾噩噩，每天沉迷在網路中，漸漸地，被曾經的好友們忽略在看不見的角落。

這是我的錯嗎？

劉濤握緊滑鼠，不禁自問。

是因為我有問題嗎？當他開始試著這麼思考時，腦中卻有個聲音在阻止他。

不要去想這些，這並不是你的問題。

你要像他們那樣成為社會的工蟻，為微薄小利蠅營狗苟，變成毫無趣味的人類嗎？

這樣享受生活，才是一個人應該過的日子。

你沒有錯，錯的不是你，而是這個唯利是圖的社會。

沒錯，錯的不是我，是這個扭曲的世界！

劉濤的眼中流露出興奮的光，嘴裡發出奇怪的笑聲。

昏暗而寂靜的屋內，打字和滑鼠的聲音再次響起。他沉迷在虛擬世界，將現實拋諸腦後，只有不斷這樣麻醉自己，他才感覺不到緊迫而來的壓力與痛苦。

灰暗的屋內，只有電腦螢幕的螢光不停閃爍，映照在劉濤臉上，猶如一具僵屍。

公寓樓下，一個頭戴鴨舌帽的男人看了眼露出微光的劉濤房間，扔下一根煙頭，轉身離開。沒走幾步，他繞到街角，鑽進一輛麵包車內。

車裡的人和他打招呼，「怎麼樣？」

男人脫下帽子，露出一頭精幹的短髮，正是之前與王晨有過接觸的除魔組成員，元亮。

他笑呵呵道：「成了！由我出馬，還有什麼辦不到的？」

開車接應他的隊友李晟一笑，「那就好。回去吧，隊長還有別的任務呢。」

發動車子，麵包車離開商業街，一左一右，轉入某個小巷中不見蹤影。

而處於半失神狀態中的劉濤，渾然不知道自己正被人監視。不知時間過去了多久，直到腹中饑餓的疼痛提醒，他才從恍惚的狀態中回過神來。

「餓死了。」

搖搖晃晃地從電腦前起身，劉濤準備去廚房翻點東西吃。

冰箱裡只有蔬菜水果，能直接入口的一個都沒有，莫名的煩躁充斥在他心頭。

好餓，好餓，好餓！好想吃點什麼東西，什麼都好！

目光移到砧板上的菜刀，他眼中發出陣陣綠光。

刀，食物，刀，食物，刀，食物……

好餓……

門邊突然傳來腳步聲，隨即是一個女人憤怒的聲音。

「半夜不睡覺，又跑到廚房裡來幹什麼？」

他驀然轉身，看著眼前的中年女人。

刀，食物。

「濤濤，你怎麼了？」母親見他神色不對，擔憂地問：「濤濤？」

食物……

「濤濤！」

刀。

Chapter 4

懶惰（四）

N市，郊區的一處地下室。

這裡的地下室與外界用一層特殊的隔絕材料分隔開，不僅隔絕無線信號和電波，甚至也可以隔絕魔物們的搜尋。

除開這些最基本的設置，整個地下室被布置得好似一個宗教會所。這裡陳列著各種祭祀道具，中國的桃木劍和辟邪符，國外的十字架和聖水等等。如果有外人闖進來，恐怕第一時間會以為自己進入了某個宗教狂熱分子的聚集地。

而事實上，這裡是一支祕密部隊的臨時基地——除魔組，別號，清道夫。

「老大，老大！」

地下室入口打開，一個人大剌剌地闖了進來，跟在他身後的男人似乎很不滿他這種瘋癲。

正站在儀器前查看分析資料的韓瑟回過身來，看著像隻猴子一樣蹦跳過來的元亮，伸出手，在對方離自己不足一米時伸出食指抵著他額頭，將他攔了下來。

取下嘴裡叼著的煙，掐滅，韓瑟問：「找到情報了？」

「當然！我們已經搜尋到那個傢伙的氣息，多虧英明神武、智勇雙全、冠絕天下的本少爺……」

「俞銘。」黑衣男無視聒噪的部下，詢問其身後的另一人，「具體情況。」

「是，隊長！」俞銘道：「根據搜魔儀，我們搜到了那傢伙最後出現的地方。那裡的魔能氣息很強烈，按等級判斷，應該是魔兵級別。而且——」俞明輕輕皺眉，「它已經開始捕食了。」

韓瑟眼神一變，「確定它捕獵的對象沒有？」

「有，有，有！」一直被隊長無視的聒噪男元亮拿出一張照片，照片上的人正是劉濤。「老大，這次的倒楣鬼就是這個小子。」

韓瑟接過照片。一個看起來二十出頭、雙眼無神的頹廢男映入眼簾。

他只看了一眼，就放下那張照片。「記住，我們的目標是擊殺『它們』，其他都無所謂。」

「隊長準備拿這個人當誘餌？」俞銘的眼神閃了一閃。

「不是我拿他們當誘餌。」韓瑟轉過身，把照片和煙頭一起扔進垃圾桶。「被魔物盯上本就是這些人自己的問題，我們沒義務替他們擦屁股。所有人，準備行動！」

「是！」

地下作戰室，除魔組整裝待發。

韓瑟看著一干精神奕奕的手下，嘴角牽起一個笑容。

「獵魔行動，開始！」

王晨到心理診所上班已經有一個禮拜，不知為何，這段時間威廉雖然不會緊跟著他，但是接送上下班卻是每天必做。

把這一切看在眼裡的于文侑，只是笑笑不說話。

于文侑是一個持中立態度生存在人類社會的魔物。他開了家心理診所，但多數時候只是幫人解決一些小問題，當真有大單子上門時，便是他飽餐一頓的時機了。

作為實習生跟在他身邊一週，王晨的確獲益良多。心理診所是一個瞭解人類心緒和情感的最好地方，在這裡，每天都有各式各樣的人找上門來，他得到了不少鍛鍊。

「簡單來說，人類的情緒分為快樂、悲傷、憤怒、恐懼幾大類，但是細分下來也不是這麼簡單。」在沒有病人上門時，于文侑會為王晨做指導。

「每個魔物的喜好都不同，嗜好的情緒也不同，不過大多數魔物都喜歡負面情感，而不怎麼喜歡人類的正面情感。」

想起威廉曾經對人類的正面情緒嗤之以鼻，王晨連連點頭。

于文侑笑看著他，「就拿威廉來說，你知道他喜歡人類的哪種情緒嗎？」

王晨眼睛一亮，隨即，遺憾地搖頭道：「我不知道。」

威廉從來沒有在他面前捕食過人類，他自然不知道這位魔物管家的喜好。

「是恐懼。」于文侑淡淡道：「獵物越害怕，越容易勾起他的欲望，也更容易滿足他，而激烈反抗的獵物則會引起他最大的興趣。威廉的掌控欲很強，喜歡把一切都牢牢控制在手心。」

「你很瞭解他。」王晨道。

于文侑笑：「作為曾經被他制伏過的手下敗將，不瞭解不行啊，除非想再在他手上吃虧一次。」

他轉移話題，「那再來談一談你的喜好。經過這幾天實習，你也瞭解了很多，不如就由你自己先說。」

王晨側頭，想起上一次與利維坦交鋒時，對於自己以及甄芝和劉倩被對方玩弄於手掌之中的憤怒。

「我比較偏向的是憤怒？」他不是十分確定地道。

「回答正確。」猶如誇獎一個好學的學生，于文侑笑道：「不過不是全部。這幾天我發現，你有些時候似乎喜歡挑起病人的憤怒。」

見王晨欲張嘴辯駁，他不給機會，繼續道：「很有可能這些挑釁也是你無意中做出來的，不過顯然你下意識希望這麼做。他們表現出憤怒，然後你獲得滿足。或許你沒有注意到，上次將那個劉濤氣得摔門而出後，你笑了。」

王晨下意識地摸向自己的嘴角，他的確沒有注意到這點。難道他潛意識裡真的這麼惡趣味？

「這一點倒是和威廉很像。」于文侑道：「你們都喜歡掌控別人的情緒，控制欲很強。」

「是……嗎？」王晨已經不知道他這是誇獎還是諷刺了，不過，和威廉相像也不是什麼壞事吧。

「還有一點，對於人類的某些正面情感，你也出乎意料地……嗯。」于文侑正打算繼續說下去，一位助理打扮的人敲了敲門走了進來。

助理的附到他耳邊，低聲說了些什麼。

于文侑的臉色霎時一變，他揮了揮手，讓助理退出房間。

原本寓教於樂的學習氣氛一下子被破壞，空氣似乎都有幾分壓抑。王晨望了望他，正準備出聲詢問。

「看來今天你不得不提早回去了。」于文侑道：「我打電話讓威廉先過來接你。」

「我可以自己回去。」

「不行！」

高聲的反對幾乎讓王晨吃了一驚，他納悶地看向于文侑，只見這位年輕的心理醫師推了推眼鏡，控制住自己情緒後道：「抱歉，為了你的安全著想，還是讓威廉來接你。否則一旦出了什麼意外，我可承擔不起他的怒火。」

「……出什麼事了？」

「他們來了。」于文侑沉默一陣，才道。

「誰？」

「清道夫，盯上這裡了。」

隨後于文侑打了電話，不出一分鐘，威廉就直接出現在他室內。王晨剛想出聲詢問，就見威廉皺眉。

「他們已經來了。」

「竟然這麼快？」于文侑的臉色同樣不好看。

在這個時候，只有王晨還有心思提問。

「我想知道，你們說的清道夫，難道是指上次的那些除魔人？他們盯上這裡，是我不小心暴露了嗎？」

「不是您的錯，殿下。」威廉說：「您已經完美地收斂了自己的氣息，除了我們，幾乎不可能有任何魔物和人類識破您的偽裝。」說著，他的臉色一寒，「這一次引來除魔組的是別的魔物……該死，被設計了！」

王晨還是第一次看到威廉露出如此明顯的情緒。

「怎麼回事？」

「你還記得上次來這裡進行治療的劉濤嗎？」于文侑說。

王晨想了想，「是那個很不配合的傢伙？」

「是他。」于文侑說：「他被魔物盯上了。而盯上他的那個魔物，把他的印記留在了我們這裡。也就是說，這是一個想要從我們嘴裡搶走獵物，又把敵人引來讓我們為他分散注意力的傢伙。」

「聽起來我們虧大了。」

不僅沒有吃到獵物，還惹得一身腥。

「是的。」于文侑說：「但是我想，威廉會解決他的。」

三個魔物談話的同時，樓下，一群警察已經包圍了整座大樓。

「例行公事！」警察喊道：「無關人員請速速離開。」

而在他們身後，一輛不起眼的麵包車裡，韓瑟帶著他的兩個屬下正在監視這棟樓。

「魔物真的在這裡嗎，老大？」元亮問。

「不會錯的，實驗室裡感應到的魔氣就是在這。」俞銘替韓瑟回答道：「而這個氣息，和留在劉濤身上的一模一樣。」

「老大！」元亮興奮道：「我們該怎麼逮住它們？」

「逮住？」韓瑟問：「為什麼要那麼做？」

「不逮嗎？那我們來這裡究竟是幹什麼？」

「驗證一個猜測而已。」韓瑟說。

然而無論怎麼問，韓瑟都不肯再多說一個字，一臉神祕的模樣，更惹得元亮心癢難耐。

韓瑟不理睬糾纏不休的元亮，轉身問俞銘：「李晟那邊怎麼樣了？」

俞銘推了推眼鏡，道：「一切正常。他盯著劉濤，對方暫時沒有異動。」

此時的劉濤，渾然不知魔物和除魔組之間的風波，他正幸福地吃著午餐。

「玩，玩，玩，一天到晚上網到半夜，身子不出問題才怪！要是這樣下去累壞了身體，我看你怎麼辦。」

劉媽媽一邊幫他夾菜，嘴裡還不忘念叨著。

昨天晚上，被老媽發現偷跑到廚房時，劉濤嚇得心跳都快停止。還好老媽罵了他一頓後，還是軟下心來幫他做了消夜，不過同時喝令他不准通宵上網，要老老實實地按照作息時間用餐。

所以今天早上九點，這個平時劉濤還賴在被窩裡的時間，他爬起來乖乖吃了早飯。中午，他甚至幫老媽洗了青菜，一起做了幾道菜。這一點讓劉媽媽稍微感到欣慰，覺得自己兒子總算還沒有到不可救藥的地步。

「吃完了飯，下午別忘記去洗個澡。你晚上還有一場相親，那可是你阿姨幫你介紹的對象。」

「嗯。」

「你老老實實地和那女孩子見個面，能處得來最好，處不來媽媽也不勉強你。」

「嗯。」

「你今天怎麼這麼聽話？」沒有聽到劉濤的反駁，她覺得有些奇怪。

「沒、沒有，哪有，我不是一直都聽妳的嘛。」劉濤趕緊拉著老媽的手，「妳趕緊去上班吧，碗盤我來收拾。」

劉媽媽將信將疑，出門上班去了。而在她走後，劉濤收拾了桌上的飯碗，端到廚房。

他看了眼砧板上的菜刀，眼神中有一絲困惑，還有更多的後怕。

昨天晚上，他握著那把刀在廚房覓食，被母親發現的那一刻，他竟然有種想要一刀砍下去，毀滅一切的衝動。不過，還好那種衝動，很快就在劉媽媽的喝罵下煙消雲散。

只是那一秒產生的危險想法，總讓劉濤耿耿於懷。

「哎，肯定是錯覺，錯覺！」劉濤安慰自己。

「我還是好好睡一覺吧。」

他回到房間，躺在床上閉起了眼，不一會就陷入夢鄉，一切似乎如常。

樓下，負責監視的李晟為了放鬆神經，剛剛點起一根煙。火星點燃的那一瞬，正在睡覺的劉濤突然睜開眼。

那是一雙紅色的眼睛。

Chapter 5

懶惰（五）

韓瑟看見前面玻璃上倒映的眼睛。

黑色的瞳孔，卻有著金色的邊緣，明顯不屬於人類。

「你好。」

他說著，晃了晃手中的黑咖啡，「要來一罐嗎？冬天喝點熱的可以暖身。」

「不需要。」

冷漠的聲音從背後傳來，韓瑟裝作恍然道：「對了，我差點忘記，你們根本不需要這些。」他轉過身，望著眼前的魔物，「畢竟，你們不是人類。」

「離開這裡，除魔人。」威廉警告他，「除非你不在乎自己和屬下的性命。」

他們身後是一扇透明的落地窗，可以清晰地看到街上的景物。

此時正是中午，這座被警察包圍的大樓外，只有幾輛警車和除魔組那輛看似普通的麵包車。而大樓內除了已經被嚇壞的人類外，只留下幾個魔物。

韓瑟有預感，只要眼前這個魔物想，他可以輕易地毀掉這裡的一切。而現在，對方顯然就是這麼威脅他的。

他舉起雙手，「不用那麼嚴肅，我對你們又沒有惡意。」

「這真是一個一點都不有趣的笑話。」威廉冷笑。

「……好吧，也許我們在大部分時候的確是敵人，但是我今天不是衝著你們，至少不是衝著這座樓內的魔物而來。」韓瑟看著他，「我並不笨，知道什麼是真正有用的線索，什麼是被人誤導的誘餌。而顯然，這一次我們的目標並不是你們。」

威廉有些意外地挑了挑眉。

「我來這裡只是為了驗證一個猜測。」韓瑟見他有所觸動，大著膽子道：「上一次我們遇到了嫉妒君王利維坦，它告訴我們，這裡還有另一個足以與它對抗的魔物。當時我以為它在耍我，但現在我可以確定，它指的魔物應該是你，或者說是你們。」

威廉瞇了瞇眼，狹長的眸子裡透出冷光，「那又如何？」

韓瑟笑了，眼中掠過一絲狡猾。

「這就意味著我們有共同的敵人，難道這不是合作的基礎嗎？魔物先生。」

威廉感到意外。合作，一個除魔人竟然向魔物談合作？他看著韓瑟，覺得這個人類是他有史以來遇見的第二個喜歡異想天開的傢伙。而第一個，則是他總在狀況外的主人。

——坐在沙發上的王晨突然打了個噴嚏。

無論如何，韓瑟大膽的發言引起了威廉的興趣。

他紆尊降貴般地低了低自己的頭，低沉的聲音從喉嚨裡緩緩流出。

「把你的『合作』說來聽聽，人類。」

韓瑟微微一笑。

「我肯定，你會對它感興趣。」

數十分鐘後，當雙方成員分別從他們倆口中聽到這個消息時，表現出幾乎一模一樣的震驚。

「你竟然答應了那個人？」知道威廉有多討厭人類的王晨這麼說。

「你竟然能讓那個魔物答應你？」元亮驚訝又佩服地看著自家隊長。

俞銘有些不贊同，臉色不怎麼好看。韓瑟看了他一眼，拍著他的肩膀，道：「無論是魔物還是人類，為了共同利益也是可以達成合作的。畢竟，我們不該愚蠢到放著現成的近路不走，不是嗎？」

俞銘臭著臉，「魔物並不值得信任。」

「相信我，它們在這件事上會獲得的好處遠遠比我們多，它們會盡心的。」韓瑟笑著道：「而在合作結束之後，那又是另一番局面。」

「我希望你清楚地知道自己在做什麼，隊長。」俞銘依舊不放心，「魔物畢竟是魔物。」

「感謝你的建議。」韓瑟收回手，「好了，現在我們也該把這個消息告訴李晟，讓他改變一下監視方式。」他皺了皺眉，「他還沒回報情況？」

在李晟前去監視劉濤時，他們約好必須每隔半小時彙報一次情況，而這一次，似乎耽擱得有些久了。

「等等，我聯繫他！」元亮連忙掏出手機，過一會又放下它，驚慌地道：「他不接我電話！」

「試另一個。」韓瑟說。

除魔組內部有專門的通訊設備，具備更高的保密度和隱蔽性，安置在每一個成員體內。

元亮試圖通過這個裝置再次聯繫李晟，這一次，對方有了回應，但卻不是什麼好結果。他只能聽到急促的呼吸，還有彷彿水滴滴落的聲音，沒有人說一句話。

同時，俞銘通過GPS定位了李晟現在的位置。

「他已經不在監視劉濤的區域。」俞銘面色深沉，「李晟他絕對不會擅離崗位。」

「毫無疑問。」韓瑟壓著聲音道：「他出事了。」

另一方面，威廉剛剛解釋完合作的事情。

「……所以，就是這樣。我覺得和人類達成暫時的合作，有利於我們擺脫現在的劣勢。畢竟，現在這座城市裡盯著您的魔物可不止利維坦一個，殿下。」

費了半天口舌，威廉將事情向王晨解釋清楚，然而等他說完，卻發現王晨竟心不在焉地盯著窗外。

魔物管家覺得自己受到忽視，不快道：「您在看什麼，殿下？」

「沒什麼，只是我想我們『暫時的盟友』或許有了些小麻煩。」王晨示意他向窗外看去。

只見一輛麵包車匆匆啟動，很快就消失在街道盡頭。附近的警察似乎也感到驚訝，不知道為何這輛車突然離開。

憑藉魔物優秀的視力，剛才那一瞬間，威廉透過車窗玻璃看見了車內每一個人的神情——無疑是嚴肅而緊張的。

「是的。」魔物管家說：「看來他們遇到麻煩了。」

李晟渾身上下像被敲斷了骨頭一樣疼，劇烈的痛苦讓他很難保持清醒，甚至讓他的記憶有些混亂。

他在哪？

他不是應該在劉濤家附近進行監視嗎？現在這又是哪？

他被襲擊了，還是快要死了？

李晟記不清太多，他只記得自己最後看見的是一雙紅色眼睛，再次醒來時，就已躺在潮濕的地面上。

許久，等他適應了疼痛，終於能聽到周圍的聲音。似乎是有人不斷在屋外走動，一個腳步輕快，另一個腳步遲緩。

很快，李晟就看見了腳步聲的主人們。

有人推門進來，發現他已經醒來，帶著一點驚訝道：「看來我們的除魔人已經醒了。」

聲音中帶著明顯的戲謔與譏諷，李晟費力地抬頭，看見一雙暗紅色的眼睛。

「魔物……」他咬牙道：「是你把我抓來。」

「真可惜你猜錯了，可憐的除魔人。」眼睛的主人說著，將身旁的另一個人推了過來。「抓住你的可不是我，而是你的同胞。」

劉濤！

李晟沒想到竟然會是他，他看著劉濤，注意到這個年輕人變成紅色的瞳孔，以及木偶般的神情。

「你把他怎麼了！」李晟吼道。

「這可不關我的事。」魔物嘿嘿笑，「這是他自己的選擇。是吧，我可愛的玩偶。」

隨著他話音落下，劉濤僵硬地點了點頭，眼中毫無神采。

「沒想到他這麼好用，不僅可以當儲備糧，竟然還幫我抓來一個除魔人。也許，在這方面他格外地有天賦呢。」魔物低下頭，呼吸噴吐在李晟臉上，「怎麼樣，被自己所保護的人背叛的感覺？」

「呸！」

李晟狠狠啐了他一口。

魔物臉色一變，一腳踹開他，擦去自己臉上的口水。

「看來你還沒嘗夠教訓。」

他冷冷地下令，「乖孩子，去，給他一點苦頭。」

劉濤聽命於魔物，緩緩走向李晟，舉起手中的刀。刀上還有未乾的血跡，那紅色彷彿一道瘴氣迷住了他的眼。

手起，刀落。

一道血花濺在牆上。

「我……」

劉濤睜大眼，膝蓋處傳來陣陣疼痛，提醒著他現在的處境。他跪在家門口，整個人呈失意體前屈的模樣倒在地上。地板上冰冷的觸感，將他從失神中喚醒。

怎麼回事？

他不是應母親的要求出門相親了嗎？怎麼會倒在家門口？

對於自己的記憶斷層，劉濤感到困惑的同時也有一陣後怕，彷彿有什麼恐怖的事情，在他失去記憶的這段時間內發生了。然而無論他怎麼回想，都想不起來這段空白記憶。

窗外，天已經黑了下去，相親的時間顯然已然錯過。

劉濤嘆口氣站了起來，準備回房間好好思考一下，可是等他試圖扶著牆起身，才注意到自己的左手衣袖上有一塊紅色的汙漬。

像是人血。

不知為何，劉濤心裡第一個浮現上來的是這個念頭。

怎麼會有人血？他摸遍自己，沒有發現任何的傷口。那麼這血會是誰的，在什麼時候沾上的？

看著這片紅色，劉濤心裡的恐懼越來越盛。他哀鳴一聲狂奔回房間，把自己埋在被子裡，試圖逃避腦內某個越來越真實的想法。直到他母親回來，在門口不斷詢問，劉濤都沒有回應一聲。

恐懼與後怕侵占他的大腦。劉濤想，如果這血真是某人的，這是不是意味著在他失去記憶的那段時間，他傷害了某個人，甚至殺了人？那麼，等到下次他再失控時，他又會傷害到誰？

會不會是——

「濤濤？」

劉媽媽在門口擔憂地呼喚著他的名字。劉濤聽到她的聲音後，卻更加痛苦地捂住自己的耳朵。

為什麼事情會變成這樣？為什麼要這樣對我？我究竟做錯了什麼！

劉濤無聲地哀嚎，悲憤地捶打著床。一張卡片因為震動而從床上掉了下來，吸引了他的注意力。

——文侑心理診所。

如果不能正視這些問題，你的生活只會變得更糟糕。

劉濤想起了當時心理診所的年輕人對自己的警告。他爬下床，拿起這張名片。

但是現在，還來得及嗎？

Chapter 6

懶惰（六）

王晨到文侑心理診所實習的第二週，威廉開始寸步不離地守在他身邊。

「這是為了確保您的安全。」魔物管家如此說。

王晨心裡揣測，恐怕威廉十分擔心自己會出什麼意外，畢竟那樣一來，他的前期投資可就功虧一簣。

不過這幾天，王晨也學會了一些魔物應敵的技巧，在他看來只要不是遇到其他實力強大的魔物，就不會有什麼危險。

「讓威廉感到威脅的是那群除魔人嗎？」這天趁著威廉外出，他找到時機問于文侑，「人類有足以威脅魔物的實力嗎？」

「不得不說，人類還是很能幹的。」于文侑道：「從除魔組成立以來，敗在他們手中的魔物，已經超過了兩位數。而更讓我們困擾的是，人類喜歡以捕獲的魔物為活體素材，製作成各種對魔武器。」

王晨眼神一凜，「聽起來很厲害。」

「而且還很狡猾。」

于文侑笑，「論個體能力，人類遠不如我們，但是他們團結起來，發揮的實力卻能超過我們數倍。很多魔物就是因為太過傲慢，才敗在他們手中。」

「敗給人類的只是一些雜碎而已。」

威廉不知什麼時候回來了，站在他們身後，參與對話。

「但是在他們之前，從來沒有魔物死在人類手中。」于文侑反駁道：「你不得不承認他們的實力。」

「這麼說，這支針對魔物而成立的部隊，的確很有實力。」王晨總結道。

「您不需要想這麼多，殿下。」威廉看著他，「在您將自己的實力提升到足以自保前，不需要關心其他事情。」

「但是，現在我們既然已經與他們結盟了，瞭解一下自己的盟友總不是壞事吧。」王晨反駁道。

「盟友？」威廉諷刺道：「只是互相利用而已。目前，我們在對方身上都有利可圖，所以才能達成短暫的和平。一旦等這個平衡被打破，那些人類一定會第一個反咬我們一口。人類不可相信，殿下。」

「那麼，合作又是怎麼回事呢？」

「只是各取所需而已。」威廉補充道：「這些人類需要捕獵魔物，而我們需要借他們的手掃除競爭王位的對手。」

各取所需？

王晨側了側頭，看向落地窗外。他有種預感，這次的合作似乎不會那麼簡單。

「對了。」文侑突然出聲，打破了這份沉默，「上次來診所的那個小子，你們還記得嗎？」

「哪個？」

「被魔物和除魔組同時盯上的那個。」

王晨立即想起那個倒楣鬼，想起當時對方被自己三言兩語就挑撥起怒火，忍不住笑道：「劉濤，他還要來？」

「明天下午兩點的預約，這次可是他自己預約的。你猜到他還會再來，對不對？」

于文侑笑看著王晨。

「不是猜，是預感。」王晨指了指腦袋，「我感覺到當事態進一步變壞的時候，他總會再來。」

「這傢伙一開始只是懶了點，並不能算是上等食物。」于文侑搖搖頭道：「不過，若是情況繼續惡化的話，倒也不失為一道美餐。」

「懶人也能成為美食？」王晨詫異地挑眉。

「懶惰，可是七原罪之一。」于文侑意味深長道。

一直被兩人的對話排斥在外的威廉，此時開口道：「那個叫劉濤的人類是除魔組的目標，殿下看上他了？」

「看上？也算不上吧。」王晨想著那個年輕人惱羞成怒的樣子，「只是覺得逗弄他挺有趣的。怎麼，難道你吃醋了，威廉？」

魔物管家試圖開口解釋。

「我開玩笑的。」在此之前，王晨打斷他，露出一個狡猾的笑容。「區區人類，又怎麼能和你比呢？」

看著嘴張到一半，臉色有些僵硬的威廉，于文侑在一旁暗笑。

「總之……」王晨總結道：「劉濤這次要是再來，應該會對我們有些幫助。」他轉身，對兩個魔物笑道：「在那些人類盟友面前，我們多一些籌碼總不是壞事，不是嗎？」

第二日，劉濤像是上次那樣戴著帽子和墨鏡，遮掩得密不透風地出現在診所樓下。

這一次，前臺已經見怪不怪了，核對了身分後便讓他進內。

當又一次站在診療室門口，劉濤還在猶豫時，門從裡面被打開。

「劉濤先生，久等了。還請你……」出來接人的于文侑頓了頓，隨即，像平時那樣溫和笑道：「進屋吧。」

「呃，哦。」劉濤磨磨蹭蹭地進屋，這次他發現屋內又多了一個人，正是他上次出門撞見的男人。

「這是威廉，也是心理診所的工作人員，你不用在意。」王晨注意到他打量的視線，主動介紹道。

他的目光在劉濤身上停留了片刻，和從後方走過來的于文侑進行眼神交流。幾個魔物都察覺到了劉濤身上氣息的改變。

「劉先生，你這次主動預約診療，是有什麼新的情況？」等人坐下後，于文侑主動問道。

「我、我這次來只是想，想問一問……」囁嚅了半天，劉濤總算下定決心般開口道：

「你們上次說，總是待在家裡不出去的話，真的會引發什麼心理疾病嗎？」

「大部分情況下，長久的自閉生活的確會對人格造成影響。」

「多大的影響？」劉濤立即抬頭。

「這點因人而異。」于文侑道：「如果想要治療好你的疾病，還請你如實告訴我們，你最近發生了什麼事？」

劉濤驚愕地看向他，「你怎麼知道我最近有事？」

于文侑微笑，「如果不是這樣，你又何必來呢？劉先生，如果你真的想解決自己的煩惱，就請告訴我們，究竟發生了什麼？」

發生了什麼？

劉濤在三個魔物緊迫的注視下，猶如受蠱惑般地將事情緩緩道來。

「我最近有點控制不住自己的情緒。」他說：「總是不由自主地暴躁、發怒，完全不能控制脾氣。而且，有時候還會莫名失去一段時間的記憶，就像失憶了一樣。」

于文侑打斷道：「這種間歇性失憶，有給你造成什麼麻煩嗎？」

「沒、沒有。」劉濤眼神閃爍了下，下意識地擦著衣袖，「你為什麼這麼問？」

「只是例行詢問而已，請不用緊張。」于文侑舉起手，示意他繼續說下去。

許久，劉濤終於將自己心中的迷惘傾吐而出，他停下來，求助般地看著王晨等人。

「我這是怎麼了？」

「簡單地來說，應該是憂鬱症的初期症狀。」于文侑分析道：「請不要緊張，現在症狀還不算嚴重，可以通過藥物和其他治療方式控制。」他列下一張清單，「最好請你的家人每天督促你完成這張表格上的計畫安排，還有服用藥物。下週，再來做複診吧。」

「就、就這樣？」劉濤問。

「不然呢？」魔物掀起唇角看他，意有所指道：「世上可沒有一勞永逸的好事。」

確定了下次就診的時間，劉濤有些迷惘地起身離開了診療室。

「你們聞到了嗎？」在他離開後，王晨突然出聲道：「他身上的味道。」

魔物的鼻子比人類敏感數倍，可以輕易地嗅到人類無法聞到的味道。

「人類血液的味道，而且不是他自己的。」威廉說。

幾乎是劉濤剛進門的那刻，魔物們就察覺到了他的不同。與上次來時不一樣，這次劉濤身上附著一層黏稠的氣息，用顏色來形容，如同一層黑色的霧氣罩在他身上，讓他屬於人類的靈魂變得越來越黯淡。

這是魔化的徵兆。一旦人類走入歧途，會變得比魔物更像魔物。

幾個魔物對視一眼，王晨笑道：「事情似乎變得越來越有趣了。」

「身不由己，人類的詞語總是能最準確地形容現狀。」他轉身對兩人道，視線停留在威廉身上。

「看來這次不是我們去找麻煩，而是麻煩找上我們。劉濤被魔物盯上了。」王晨說：「而除魔組則盯上了那個魔物。」

威廉問：「螳螂捕蟬黃雀在後，您準備怎麼做？」

王晨想了想，「也許我們可以給除魔組賣點甜頭。」

「哦？」于文侑偷瞧著威廉不怎麼好的臉色。

「但是送上門的好處，人類總不會珍惜。」

「所以？」

「所以，靜觀其變吧。」年輕的魔物輕笑，露出藏在唇畔下的尖牙，「等到風動了，獵人總會嗅到氣味的。」

另一邊，除魔組還在緊鑼密鼓地尋找他們失蹤的隊員。

「A組已經搜索完畢。」

「B組已經搜索完畢。」

「C組已經搜索完畢。」

對講機裡傳來各組的消息，坐在指揮車裡的韓瑟眼神深沉。許久，他嘆了口氣，轉身對兩個隊員道：「沒有消息。警方已經幫我們搜查了各個可疑的地點，沒有李晟的蹤跡。」

俞銘緊握著拳，「是魔物？」

只有魔物才能將一個大活人神不知鬼不覺地帶走，並且不留下任何蛛絲馬跡。身為除魔人的李晟，如果真的落到魔物手中，他的下場……

元亮咬緊牙，恨恨地拍打著車窗。

「都是我的錯！我要是當時和他在一起——」

「那麼，現在失蹤的就是你們兩個人。」韓瑟說：「自責也沒用，我們現在得盡快找到李晟。」

在他還活著的時候。

「知己知彼，百戰不殆。首先，分析一下我們的敵人。」韓瑟遞給他們一份資料，「這是最近三起魔物傷人案的資料。根據這幾個案例，這些被魔物盯上的都是失業或無業人士。無論是作案手段，還是被害者被發現時的現場情況，都大致相同。我們推測出，這次魔物盯上的人是劉濤。」

「而在前面三起案子中，被捕獵的人最後都精神失常，殺了親友後才被它吞噬。」俞銘道。

他們已經事先看過資料，所以才會監視劉濤，為的是在那個魔物出現的第一時間逮住他。可沒想到，卻是賠了夫人又折兵。

放在第一頁的是這次目標魔物的資料。

通稱：懶惰吞噬者。

喜好：常年宅在家，大門不出二門不邁的人類。

作案手段：引起獵物精神失常後捕獲。

再下一頁，是這一次被捕獵的人類的資料。

劉濤，大學學歷，目前待業……

無論再怎麼看也只是一個再普通不過，稍微有點自閉的宅男而已。

「它們一般不是只對強烈的負面情感有興趣嗎？」元亮問：「我看這小子挺平常的，怎麼會淪為魔物的獵物？」

韓瑟叼著一根煙，「有些魔物喜歡玩養成，將普通人培養成擁有強烈負面情緒、符合它們口味的食物，對魔物來說更有趣。而且你們注意到了沒有？」他指著資料上的一行字。

「被它盯上的獵物，通常會因為精神失常而傷害附近的人。」

俞銘精神一振，「那就是說，李晟的失蹤可能和這個劉濤有關？」

韓瑟緩緩吐出一個煙圈。

「無論如何，這是我們現在僅有的線索。盯著劉濤，查查他最近去了哪些地方。」

韓瑟道：「即使李晟的失蹤與他無關，魔物肯定也會在他身邊出現。我們暫時不能出手，等到它露出馬腳的時候，才是我們擊殺魔物救出李晟的最佳時機。」

「隊長，劉濤家人的安全？」

「聽天由命吧。」韓瑟放下手中的資料，「我們不是救世主。」

「隊長！」正在查資料的元亮突然叫道：「我剛才查到劉濤下午出門去了，你知道他去的是哪嗎？」

韓瑟挑眉，等他說完。

「他竟然去了那棟大樓！就是上次被我們包圍，有魔物潛藏在裡面的那棟樓。」

元亮將監視器拍攝到的照片給韓瑟看，照片上劉濤正抬腳走進辦公大樓，而在他頭上，則是文侑心理診所的招牌。

韓瑟接過照片，輕輕摩挲著自己的髮鬢。

「看來，我們這次找對盟友了。」

Chapter 7

懶惰（七）

滑鼠滑過一個個頁面，瀏覽著，又不斷關掉打開新頁面。

劉濤煩躁地揉著頭髮，他已經搜索了很久，還是沒有找到答案。以往讓他信賴的網路，此時什麼忙都幫不到。

他不忿地扔開滑鼠，眼睛瞪著螢幕。

沒有答案！還是沒有答案！

他最近開始變得異常，不喜歡動，不喜歡說話，甚至整天躺在床上。他不能控制這一切，是的，不能控制住自己的行為。

有時候是莫名而來的怒氣，有時候是不知名的食欲，更多時候即使他想要行動，但是潛意識卻讓他一直呆坐在原處什麼都不做。

這不對勁！

以前他雖然也這樣，但那是在他的控制之下，而現在這些行為卻脫離了他的掌控。

他知道自己該做什麼，但是他沒有去做，任由時間白白流逝。

他也知道自己有什麼責任，應該滿足父母的期望，卻總是忽視這一點——好吧，他從很久以前就是如此了，只是最近越演越烈而已。

他逃避責任，逃避自己該做的事，逃避壓力，放任自己沉入網路，遁入虛擬世界。

劉濤明白自己一直如此，他只是選擇忽視這點。

但是最近，他卻不能繼續忽視下去。

尤其是這些越演越烈的毛病已經快危及他的家人。

他覺得自己像著魔一樣不能控制自己的行為和情緒，上一次，在廚房被老媽發現時，那一刻他甚至想——

夠了！不要再想下去了。

劉濤搖搖頭，繼續嘗試著上網搜尋能夠說明自己情況的消息。雖然預約了心理診所的醫生，但是他無法完全信任他們。他得自己找到方法，在自己的異變傷害到家人之前。

「濤濤！」

老媽走了進來，不出意外地看見兒子又沉迷在電腦前。

「我昨天叫你去見見馬叔叔家的女兒，還記得嗎？」

「嗯……」劉濤含糊不清地應著。

「人家馬叔叔的女兒雖然只是高中畢業，但是個性好，長得也不錯，你考慮考慮。」

劉媽媽說了好久，見兒子還是一副無動於衷的模樣，不由來氣。

「你這小子，究竟有沒有在聽我說話？我說了讓你去見見人家。」

「我在做正事。」劉濤不耐煩地解釋著。

「正事？一天上網玩遊戲，能有什麼正事？」劉媽媽提高嗓子尖聲道：「誰家的兒子會像你一樣天天坐在電腦前，做些沒用的事？你怎麼就這麼——」

「夠了！不要煩我！」劉濤大吼一聲，心裡煩躁不堪。

他明明是在為了保護自己，保護這個家而努力，為什麼老媽就是不懂他！

劉媽媽被突然一吼，有些嚇到了。劉濤此時微紅的眼眶、暴怒的神情，一點都不像是他平時的模樣。

「濤濤，你……你怎麼了？」

回過神來，看見母親受驚的表情，劉濤馬上後悔了。

「沒有，媽，我只是心情不太好。明天我會去見她。」

「哦……你記得就好。」劉媽媽愣愣地應著，「我回房了，今天早點睡。」

「嗯。」坐在電腦前的人並沒有轉過身來。

直到聽見身後關門的聲音，劉濤才放下滑鼠，把頭深深地埋進臂膀中。大口大口地喘著氣，他似乎在艱難地克制著什麼，大滴的汗水從額頭落下。他忍耐，咬緊嘴唇，野獸般的喘息聲迴盪在室內，充斥著壓抑的痛苦。

許久，拳頭狠狠地擊在桌面上。

「可惡！」

過了一會，劉濤翻出上回去心理診所拿回來的診療單。他並沒有讓母親知道自己又去了一趟心理診所，所以單子也一直藏著。看著上面的苛刻條件，劉濤將單子緊緊握在手裡。

真的要嘗試這個嗎？

如果治不好怎麼辦？

如果情況越來越糟怎麼辦？

聽說治療心理疾病是非常痛苦的事，要是吃了那麼多苦之後，最後卻發現根本毫無用處，豈不是白費力氣？

劉濤猶豫，他不知道究竟值不值得做這一次嘗試，就像以前一樣。

畢業時，面試時，被一家又一家的公司拒絕，每一次劉濤都是抱著期望而去，最終卻都失望而歸。那些人帶著虛假的笑容婉拒他，但是在那笑容背後，劉濤看到的卻是黑色的、腐敗的、帶著腥臭味的利益。

外貌、學歷、身高、家庭背景，不是從一個人本身，而是用各種籌碼來衡量一個人的價值，把人當成商品來計算得失。漸漸地，劉濤開始害怕，他不再去面試，而是窩在家中，沉浸於虛擬世界的快樂。

既然明知結果早就註定好了，為什麼不讓自己輕鬆一些？不再背負那些所謂的責任，過著得過且過的日子，有什麼不好呢？至少這樣，還快樂一些。

劉濤一直這樣麻痺自己。直到現在，他握著這張心理醫生開出的治療單。上面包含著各種肉體和精神上的強制治療方法，卻沒有告訴他，最後一定會有一個好的結果。

劉濤心底彷彿有個聲音在吶喊。

反正努力也沒用，反正結果是註定的，又何必浪費時間？

不，不是這樣的！如果治不好的話，情況會變得更糟糕！

糟糕，有多糟糕呢？

但是像上次一樣帶著血……

那有什麼不好？反正受傷的是別人。

放鬆自己，不要勉強自己，去享受快樂，有什麼不好？

你以為心理醫生真的在幫你嗎？不，他們只是在嘲笑你！嘲笑你是個失敗者，所以才故意刁難你。

何必為了別人的眼光改變自己，繼續過現在這樣的日子有何不可？難道你不快樂嗎？為什麼要勉強自己改變，為什麼要承擔那些虛偽的責任？

劉濤的眼神漸漸迷惘。

沉醉吧，安睡吧，放縱吧。

耳邊，彷彿有惡魔在低吟。

然後你就會知道，這個墮落的世界有多麼美好。

單子從手中滑落，劉濤神色迷惘地重複著，「快樂……我是快樂的……」

他猶如一個木偶般跌跌撞撞地走進房間，腳下，治療單皺成一團，滾落在無人問津的角落。

我聞到了食物的味道。

黑暗中，誘惑劉濤墮落的魔物在輕笑。下一秒，又轉為痛苦的呻吟。

他能感覺到體內的炙熱，簡直就像是靈魂被炙烤，灼燒的痛苦甚過一切。然而魔物是沒有靈魂的，誰都知道這一點。

魔物以人類為食，鮮美而極富誘惑力的人類靈魂，是他們無法抗拒的美味。

啊，好餓。

並不是腹中饑腸轆轆的急迫感，侵蝕他的是更為難忍的饑餓。身體內像是有一個深淵，叫囂著，嘶吼著，永不滿足。

作為生來就缺乏情感和魂魄的魔物，情感是他們完美生命中一個永遠無法填滿的溝壑，只有不斷獵食人類的靈魂，才能稍稍撫慰這份空虛。

明明擁有無盡的生命、完美的容貌、強大的實力，卻唯獨沒有靈魂。

他們不懂得情感，沒有喜怒哀樂，雖然能偽裝人類的情緒，但那終究不過是一層外殼而已。

魔物是沒有靈魂的。

所以，他們會越來越饑餓，越來越迫切地去捕食人類。

這個弱小而脆弱得不堪一擊的種族，卻擁有讓魔物為之貪婪的美麗色彩，人類的情感，是他們無法抵禦的誘惑。

究竟是什麼時候開始吞噬人類的靈魂？

沒有誰想過這個問題，眼前這個正在捕獵中的魔物顯然也不會去思考它。

他眼中只有那個獵物，一個合他口味，尚且需要慢慢調教的獵物。

監視著劉濤的一舉一動，看著劉濤慢慢脫離正常的軌道，步入他規劃好的陷阱中。

魔物嘴角有著掩飾不住的喜悅。

忍耐，再等一會，這個美味的靈魂就會徹底屬於自己。

躲在黑暗中的魔物竊笑著。

他喜歡捕獵，更喜歡親手將獵物調教到最美味的狀態。

相信再過不久，就可以進食了。

美味的、愚蠢的、一無所知的人類啊，讓你們的膽小、懦弱、懶惰，成為我們的食物吧！

魔物仰天長笑，高喝道：「什麼造物主的最高傑作，什麼除魔組！我要叫那些傲慢的人類知道，他們歸根結柢，不過是些膽小又沒用的牲畜！」

猖狂笑著的魔物腳下，一個佝僂的人影萎靡地縮在角落。如果不是他還有微弱的呼吸，幾乎會讓人懷疑這是一具屍體。

聽見魔物的笑聲，李晟用盡最後一絲力氣睜開眼睛。那雙眼睛裡，是與他滿身的汙穢和血漬截然不同的清澈。這不是一個失敗者的眼神，而是還懷著希望的眼神。

即便落難至此，即便在如今這個苟延殘喘的時候，他依舊沒有放棄反抗。

李晟悄悄掐著自己的手心，讓自己繼續保持清醒。

還沒有結束，魔物。

李晟在心裡道。

人類與你的戰鬥，還沒有分出勝負。

Chapter 8

懶惰（八）

在踏進這棟大樓之前，年輕人就知道這將是一次與眾不同的會面。

「你好，我是來看病的。」他對著前臺的姑娘道。

前臺接待員抬起頭來看他，這個年輕人身材壯碩、面色紅潤，哪裡像是病人了？

小夥子似乎有些緊張，又加了一句。

「腦子有病，就是那種病嘛，妳懂的。」

前臺接待員看向他，「……請問您有預約嗎？」

「預約？」元亮愣了，這種只會出現在高檔場所的名詞，他這個逛路邊攤的小平民什麼時候接觸過？

接待員看他的神情已經猜出一二。

「很抱歉，如果沒有預約，您只能等……」

話音未落，接待員身旁的聯繫電話響了起來。她連忙對元亮說了聲抱歉，接起電話。

「是的，于醫生。」

「對，您現在有空？但是……」

「好的，我知道了。」

放下電話，接待員神色古怪地對元亮道：「您好，我們的心理醫師現在正好有時間，您可以登記後直接去診療室。」

好運！元亮心理暗暗歡呼一聲，便跟在接待員身後去登記。

「請繳費五百元，謝謝。」那邊登記處的員工溫聲道。

元亮咬牙切齒地從口袋裡掏出五百大洋，末了，問：「可以開發票嗎？」

「……可以。」

接過發票，元亮小心翼翼地收到皮夾裡，回去就靠它向隊長報銷了，必須謹慎保管。

三號診療室。

元亮推開門進去時，屋內只有一人背對著他，站在落地窗前。聽見開門聲，對方回轉過身來。

窗外明媚的陽光映襯在他背後，其面容卻掩藏在一片陰影之中。

元亮只聽到這人溫和的聲音，像是早預料到他會來。

「你好，除魔人。」

人類，不，魔物黑色的眼睛在陽光下透出幽光，彷彿惑人的深淵。元亮聽見自己怦怦跳動的心跳聲，還有那聲乾巴巴的回應。

「你、你好……」

這是一場魔物與人類作為盟友的初次會面。

一分鐘前，王晨不得已地被威廉瞬移回別墅。

「還沒到下班時間，你這樣做會害我因為早退被扣薪水。」年輕的魔王候選人不滿地抗議。

「您是實習生，本來就沒有薪水。」威廉回道：「如果繼續留在那裡，他們會發現您的身分。」

「他們？」

「除魔人上門來了。您上次和他們有過接觸，現在又不能很好地掩藏自己，毫無疑問會被他們發現您的身分。」

「他們是因為劉濤的事情找過來？」王晨饒有興致道：「終於忍不住過來找我們套情報了？」

威廉點頭，「只要他們知道劉濤曾來找過我們，就一定會來。而這一次除魔組的目標，應該就是那個盯上劉濤的魔物。」

「就是將嫁禍給我們的那個傢伙？」王晨嘖嘖道：「他可一點都沒有同胞愛啊。」

「同胞？您錯了。」威廉看向他，「魔物沒有同胞這個概念，也不會好心到互相幫助，即使有誰死在人類手中，也只會成為其他魔物口耳相傳的笑料而已。更何況，現在這個城市裡稍有地位的魔物，都視您為眼中釘。」

「就因為我是魔王候選？」王晨嘆了口氣，喃喃道：「就算早有心理準備，這種突然變成眾矢之的、連同伴都沒有的感覺還真不好受。」

「您不需要同伴。」威廉說：「您只要變得足夠強大就可以了。」

「不需要同伴？」王晨看向他，「那我和你之間又是什麼關係呢，威廉？盟友、主僕，或者只是互相利用？」

這次威廉沒有回答，他沉默了很久。

王晨決定放過他，不再為難可憐的魔物管家。「在這一點上，人類就做得出色多了。面對威脅時，他們至少會合作對敵。」

「的確如此，但是面對威脅時，人類同樣也會選擇棄車保帥。」威廉眼睛眨都不眨一下，「只有弱小的生物才會抱團，強者從來不依賴他人。」

「棄車保帥……」王晨像是沒有聽見威廉的後半句話，喃喃念著這個詞，「那麼你說除魔組這一次，會不會為了擊殺目標魔物而放棄劉濤？」

威廉肯定地說：「會。」

他像是比瞭解自己，更瞭解那些除魔人的行事準則。

年輕的魔物候選人的神色立即變得苦惱起來。

「這可就麻煩了。」

「您想要袒護那個人類？」

王晨望著緊皺眉頭的魔物管家，道：「不是袒護，只是不想自己看中的玩具被其他人奪走。我有一件事要你幫忙，威廉。」

威廉看著他，優雅地彎腰，「請您吩咐。」

「這次捕捉行動我希望加入，當然，我不會和除魔組正面接觸。」王晨道：「畢竟比起人類，更瞭解魔物的是我們自己。」

威廉提高了聲音，「您要背叛魔物，幫助人類捕殺自己的同類嗎？」

「同類？」王晨搖了搖手指，笑道：「威廉，你不是說魔物沒有同胞這種概念嗎？所以我的行為不是背叛，而是等價交換。」

他說：「既然我們已經與除魔組達成短暫的聯盟，總不能看著我們的盟友吃虧吧？想要獲取，總得先給予，你說是不是？」

威廉抬頭，望著眼前這個年輕的候選人，像是要看穿他微笑背後的謀算。最終，他輕輕頷首。

「謹遵您的命令，殿下。」

元亮回來時，為待在指揮車內的隊友們帶來了午餐。

「這份是你的，隊長。」

「恩。」韓瑟叼著煙，空出一隻手來接過飯盒。「結果怎麼樣了？你去那裡問到什麼沒有？」

「那些魔物好像早知道我會去，就在等著我上門。」元亮摸了摸手臂，現在他還感覺到後背一陣發寒。

雖然不是第一次與魔物接觸，但是以往都是一見面，二話不說直接開打，像這樣面對面交流還是首次，他差點就敗下陣來。

不得不說，魔物的確有種蠱惑人心的特質。

「它說劉濤的確去找過它們。」元亮回憶道：「而在劉濤身上，它們發覺了一些變化，證明那個在獵食中的魔物已經開始進一步行動了。它提醒我，這意味著魔物將在最近捕食，會出現在劉濤身邊。」

到時候抓到魔物，除魔組自然可以逼問出李晟的下落，但是他們沒有時間等待了，李晟隨時有生命危險。

韓瑟沉吟道：「我也知道只要繼續監視劉濤，就會發現魔物的蹤跡，但是……」他皺眉，問元亮，「它們還有告訴你別的嗎？」

「有啊！可多了！」

韓瑟眼前一亮，期待道：「說！」

「那個魔物，不是，那位醫生告訴我，我很可能患上工作懈怠症和消極症。」提起這件事，元亮就一臉埋怨，「你怎麼沒告訴我，去那家診所諮詢一次就要花掉五百元？」

像是感受到身後具現化的黑色怨氣，韓瑟撓了撓頭，故作驚訝道：「難道俞銘沒告訴你？情報這一塊不應該是他負責嗎？」

俞銘在他們身後冷冷道：「請不要把我拖下水。」

「隊長，報銷。」元亮掏出一張揉得皺巴巴的發票。「一共五百元，再加上便當錢是六百八十。希望你能在明天之前給我。」

「這件事之後再說。」韓瑟肅起臉，「先把你的調查結果告訴我，它們還告訴你什麼了？」

「沒啊，就是說我最近壓力過度，可能會患上憂鬱症什麼的，建議我請個假。說起來，我覺得這些魔物也挺上道的……」注意到一旁俞銘陰森森的眼神，他連忙改口道：「但再怎麼上道也還是敵人，立場千萬不能出錯。」

韓瑟笑著揉他腦袋，「你這傢伙。」

自從有了尋回李晟的希望，小隊內的氣氛總算不像之前那樣陰鬱。

「隊長，如果你明天還不給我報銷的話，我想我的心理問題會更變得嚴重。」元亮苦著一張臉。

「魔物的話你也信？」韓瑟拍了拍元亮的肩膀，為難道：「而且組裡的情況你也知道，不是不肯幫你報銷，實在是經費吃緊。」

「我記得上次上頭才撥了一千萬。」元亮狐疑地看著他。

提起這件事，韓瑟臉上的表情一瞬間變成痛心疾首和咬牙切齒。

「別提了，剛到帳就被嚴懷那小子拿走了，說是充作魔物武器的研究經費！」

「那現在組裡的帳戶上？」

韓瑟表情嚴肅，一字一句道：「一分錢都沒有！所以到下個月前，你就先勒緊腰帶過日子吧。」

須臾，指揮車內響起一陣狼嚎般的哀鳴。

「嗷——我的錢錢錢錢錢啊！」

會有誰知道，外表風光的神祕部隊除魔組，其實各個都是窮鬼？

帝都某間地下實驗室，某個白袍青年突然打了個響亮的噴嚏，揉了揉鼻子，又沉入研究中去了。

Chapter 9

懶惰（九）

第二天，韓瑟就開始部署人員，監視劉濤。為了防止再次出現像李晟那樣突然失蹤的情況，這一次調動的人員，全部分成五人一組，並且定期保持聯絡。

附近的小組正在向韓瑟彙報情況。

「目標出門了。」

「跟緊。」韓瑟想了想，「不要跟太緊，確保他在我們的掌控之內就可以。」

「這樣好嗎？」身後的俞銘問道：「那個魔物明顯在劉濤身上動了手腳，他今天外出，魔物可能會抓住機會再對他做些什麼。情報顯示，劉濤的情緒已經和常人不……」

「那不是我們該管的。」韓瑟打斷了他，「記住，我們的使命是殲滅魔物，救回李晟，其他的都不相干。」

「……是。」

韓瑟回頭，看了眼有些心不甘情不願的俞銘，嘆了口氣道：「我們的能力還不足以保護所有人，能夠做到的只是毀滅源頭。只有消滅掉魔物，才不會有更多人類受害。」

韓瑟眼中泛著冷光，「進食狀態的魔物是最脆弱的，是我們獵殺它的最佳時機，我們不能阻止魔物獵食劉濤，能不能平安活下來，只能看他自己的運氣了。」

今天絕對是運氣最不好的一天！

結束又一次失敗的相親，劉濤有氣無力地從咖啡廳走出。

他最近情況變得越來越糟，根本不想出門，今天要不是受到老媽的一再催促，他根本不會來赴這次的相親。本來，劉濤也沒有抱什麼希望，而那個年輕女孩似乎也不滿意他。

「你現在有工作嗎？」女孩問。

劉濤搖了搖頭。

「家裡準備的結婚套房有三十坪嗎，有準備車嗎？」

劉濤繼續搖頭。

「那你以後打算做什麼，什麼時候開始找工作？對未來有什麼規劃？」

劉濤一臉迷惘，未來還那麼遠，考慮那麼多做什麼，只要把今天的事做好不就行了嗎？

最後對方站起身來，毫不留情面道：「不好意思，我認為今天的會面可以到此為止了。」

看見劉濤木訥地坐著，她似乎是好心提醒道：「請不要責怪我現實，而是這個社會本就如此。」

而劉濤，在她離開後，又在原地坐了半個小時才站起身來。

咖啡廳離家步行不到十分鐘的距離，他卻走得格外緩慢，就像是個生命已到盡頭的老人。

對於剛才那個女孩的鄙夷，劉濤沒有絲毫反駁的興致。

他已經越來越沒有幹勁了，懶惰就像是毒一樣腐蝕著全身，就算明知道這狀況有些不對勁，他也提不起力氣再做些什麼。

有什麼用呢？反正都沒辦法解決，白白浪費力氣有何意義？

他又想起自己畢業的那所大學，一間三流院校，很多人在那裡徒勞地浪費四年光陰，最後卻一無所獲。但是就算考上一流大學，成為社會精英又有什麼不同？畢業出來也不過是幫有錢人打工。

賺很多錢有用嗎？最後還不是要用在兒子女兒身上，或者養車養房。

結婚生孩子有意義嗎？小孩子長大以後還要讓他繼續上大學，供養他結婚生子，然後是生孫子，一代接著一代……

人類和被豢養的牲畜根本沒什麼不同，都是在本能地繁衍後代而已。說起來，這樣活在世界上又有什麼意義？無論早晚，終歸一死，死了也沒多少人會記得，只是變成一抔黃土。

劉濤漫無邊際地想著，突然覺得活著其實沒什麼趣味。既然這樣，他幹嘛還要為了治好自己去心理診所？幹嘛還要這麼累死累活？

直接躺著等死不就好了？

這似乎是個不錯的主意。

「韓隊！劉濤的情緒似乎有點不對勁。」監視著儀器的組員突然彙報道：「他現在的精神活躍度已經達到最低限度。這傢伙，腦子裡幾乎什麼都沒有想。」

人類的大腦相當神奇，即使在睡覺時也保持著極高的活躍度，然而顯示器上監視到的劉濤大腦，活躍度卻低得不可思議。

韓瑟摸著下巴，「好吧，至少現在我們知道，這個小子為什麼會被魔物看上。」除魔組都是有經驗的人了，自然瞭解魔物們的獵食喜好。

「七原罪，懶惰。」俞銘輕聲道。

懶惰，為什麼能夠成為七原罪之一？它似乎毫無殺傷力。

然而這種無形而悄無聲息的罪惡，卻能輕而易舉地抹殺掉一個人。

沒有信仰，沒有目標，沒有意識。

如此，活著和死去無異。

黑暗中，魔物露出興味的笑容。

劉濤窩在家中閉門不出足足三天了，今天，他甚至連飯都懶得吃。

渾渾噩噩地躺在床上，他不知道自己這幾天究竟是怎麼過來的。

似乎什麼都沒有做，又似乎什麼都不想做。

看著頭頂的天花板，他努力思考著自己前一秒究竟在幹什麼？可是腦子還沒開始轉動，他就覺得疲憊不堪。

天色漸漸黯淡下去，躺在昏暗房間裡的劉濤也漸漸陷入了沉睡，呼吸微弱得近乎沒有，像個屍體一般。

四周一片黑暗，寂靜。

不，還是有聲音的，仔細聽，會聽見一些仿若竊竊私語的細小聲音。

嗡嗡嗡嗡，嗡嗡嗡嗡。

這些竊竊私語聲越聚越多，越來越響，像細流匯聚成江海，最後變成一陣陣噪音迴響在耳邊。

周圍世界一下子亮起來，像是一個扭曲的空間，在這個光怪陸離的空間裡，一幅幅畫面飛快地從他眼前閃過。

熟悉的人、陌生的人，而他們一致之處，就是臉上鄙夷輕視的表情。

一張年輕女孩的臉孔停在眼前，他莫名覺得有些面熟。

這個人真沒意思，沒有工作，不求上進，為人也無趣，要不是知道他家裡好歹還有一套房子，我才不願意和他見面呢。

記起來了，這是那天和他相親的女孩。原來她心裡是這麼想的嗎？算了，反正他也不在乎。

女孩的臉很快閃過，又是一張新的面孔。他記得這個人，是他大學的室友。

室友埋頭趴在桌前，似乎在準備考試。他記得以前在學校時，這個室友就已經考了很多證照，還打算考研究所。室友曾經勸劉濤一起考，不過他覺得毫無意義，一點都沒放在心上。

畫面接著發生了改變，出現的是室友考上國外知名大學出國留學的畫面。他看著那個登上飛機的熟悉背影，心裡莫名地有些悵然。如果當時他也一起考，那麼現在……

眼前的場景又一次改變，熟悉的面孔一張張出現在他面前，不停地變化著。從小時候到現在，這些圖像記錄著他人生每一個轉捩點、每一次選擇，似乎只要在這些十字路口上換一個方向，他的人生就會截然不同。

然而當這些畫面全都跳過之後，最後出現的，是他一無所成、懶散地待在家中的情景。

我們家的濤濤啊……

母親的聲音突然響起來。

我們家濤濤就是懶，從小到大都沒什麼好好學習的心思，也沒什麼喜歡的東西。

你說別人家的孩子吧，多少還有個興趣愛好，他卻什麼都無所謂，什麼都不在乎，一天到晚懶懶散散的，隨波逐流，別人說什麼是好的，他就喜歡什麼，一點都沒有自己的主見。

沒學歷，沒本事，這麼大年紀了，還在啃老。唉，要是他哪天懶死在家裡，除了我還有誰會知道？

混吃等死啊……

母親最後那幽幽一嘆，像是雷鳴一樣擊在他心上。

劉濤錯愕，驚訝，難過！他沒有想到，母親竟然會這樣看他，將他看成一個累贅、一個包袱。瞬間，各個畫面不斷從他眼前閃過，似有無數個聲音在他耳邊念叨。

忘記吧，放棄吧。

離開吧。

沒有誰在乎你。

沒有誰記得你。

在這個世上，你根本沒有存在的必要……

夢中的世界逐漸坍塌崩潰，而躺在床上的劉濤，身體卻劇烈顫抖起來，他像是抽搐般渾身抖動。

倏地，劉濤睜開雙眼，眼中是一片通紅，透著血色。他像僵屍一樣直挺挺地從床上坐起。

屋外突然傳來開門聲，隨即是脫鞋換鞋的聲音。

「濤濤啊，晚飯吃了沒？」

剛剛從打工的地方回家，將買的菜放在桌上，劉媽媽走向兒子的臥房。

「媽給你做飯，今天吃炒茄子好嗎？」

黑暗的房間中，劉濤通紅的雙眼緊盯著門口，他劇烈喘息著，口水從嘴角滑下，猶如狂暴且失去理智的野獸。

暗處，傳來誰低聲的蠱惑。

既然沒有人需要我，那就——

死吧，死吧，全都一起去死吧！

「濤濤？」

劉媽媽敲了敲門，擔心道：「睡著了嗎？」

她握上門把。

門，緩緩推開……

Chapter 10

懶惰（十）

昏暗之中，只有一雙眼格外明亮。

劉媽媽推開房門，便望見兒子那奇怪的眼神。

「媽……」劉濤低喊了聲，坐在那一動不動。

心中微微覺得有些不對勁，劉媽媽一步步走近兒子。

「怎麼了？」她看見房間內亂成一團，連忙彎下腰去收拾，「要是肚子餓了就再等一等，我在市場帶了隻雞回來，等會燉給你吃。」

看著母親彎腰忙碌的模樣，床上的年輕人喉嚨裡再次發出一陣咕嚕聲。

「媽，妳是不是覺得我很沒用？」劉濤緩緩出聲，聲音沙啞得不似活物。

「你自己說呢？」劉媽媽收拾著垃圾，嘴裡埋怨，「這麼大的人了，還一點家事都不會做。」

劉濤眼睛閃了閃，從床上下來，慢慢走近她背後，嘴唇啟合，低聲道：「妳是不是很希望我死？」

終於察覺兒子的不對勁，劉媽媽回過身驚訝道：「你說什麼……呃！」

喉嚨被一雙有力的大手扼住，她不敢置信地看著自己的兒子。

劉濤眼中盡是紅光，額角青筋暴露，失去理智地用力掐著母親的喉嚨。

「妳希望我死，那我們就一起死！」

「濤，咳咳，兒子……」劉媽媽臉色漸青，勉強伸手抓住劉濤的手腕，「不要，住手……」

「為什麼！」劉濤不受控制地怒吼：「既然我是個廢物，既然連妳也嫌我沒用，那我就去死好了！但是我死了以後，留下妳一個人怎麼辦？我捨不得，媽，我捨不得！所以，和我一起死吧！」

嘴角是被勒住脖子來不及下咽的口水，劉媽媽看著瘋癲的兒子，眼中流露出悲痛。

「不，不要殺人……濤濤。殺人要坐牢，會被……抓起來，不要……」

她說完這句話，就漸漸失去意識，手中垃圾袋砰地掉在地上，散落一地。腦中最後想起的，是外面客廳桌上的那些菜，可惜沒來得及——沒來得及給自己的兒子，做最後一頓晚餐。

劉媽媽閉上眼，眼角滑落下一滴淚水。

雙手逐漸收回力氣，劉濤怔怔地看著倒在地上一動不動的母親。眼中紅光褪去，他像是突然回過神，看著自己所造成的一切。

「我……」他收回手，蹲下身，伸手觸摸母親的臉龐。手指觸到那滴淚水，像是被燙傷一樣縮回來。

不要殺人，濤濤，要坐牢的。

淚水從眼中奔湧而出，劉濤跪倒在母親身旁，像野獸一般地哀嚎。

「媽？媽——啊啊啊啊啊啊啊啊啊啊！」

眼淚鼻涕止不住地流出，他發出絕望般的吼聲。

「我好難過，好難過啊！為什麼這麼難受，媽？我的心裡好難受，告訴我為什麼啊，媽媽，媽媽！」劉濤緊抱著母親的身體，任淚水噴湧而出，他像是孩子一樣嚎啕大哭。

「不要留下我一個人，不要只剩我一個人！」淚水肆意地遍布在臉上，劉濤沉浸在看不見盡頭的絕望中。

而在他身後，房間角落，一團黑暗正慢慢顯形。

「隊長！」

俞銘忍不住向韓瑟喊道：「魔物來了！」

除魔組的儀器檢測到了驟然出現的大量魔氣，足以證明，魔物已經來到了劉濤身邊，開始他的捕食。

「再等一等。」韓瑟說：「它還沒開始進食，還沒有放鬆戒備，現在不是我們出手的最佳時機。」

「但是這樣下去，劉濤的家人可能會出事。」俞銘吼道：「難道我們要坐視不管嗎？」

「是！」韓瑟冷漠道：「我們不是救世主，俞銘，我們能做的是盡可能地消滅魔物。即使你現在上去救人，如果魔物跑了，只會留下後患，以後還會有更多的受害者。」

「難道就要犧牲劉濤和他的母親嗎？」

「棄車保帥。」韓瑟閉上眼，「有時候，不得不這麼做。」

俞銘緊緊咬著牙，突然一把拉開車門，直接跑了出去。

「抓住他！」韓瑟大喊。

一旁的元亮衝上去抱住俞銘，大吼道：「你怎麼比我還衝動啊！你平時的冷靜去哪了？」

俞銘吼回去，「我的冷靜不是用來看著同胞死去！」

就在兩人不斷爭吵時，韓瑟突然咦了一聲。他看向顯示螢幕，上面魔氣的指數正在不斷高漲。漸漸地，逼近臨界值！

滴的一聲，數字變成了紅色，系統發出示警的聲音。

元亮和俞銘都回頭看去。

這個警戒值，是以魔物君王的力量為範本而設立的，一旦儀器偵測到的魔氣超出了這個數值，就會向附近的除魔組成員發出警告。而現在，數字已經成了血紅色，但還在不斷高漲。

元亮張大了嘴，「那、那個魔物還有這麼厲害的同伴？」

「不。」韓瑟笑了，若有所悟，「那不是它的同伴，而是我們的盟友。」

樓上，劉濤的房間內。

看著匍匐在地上，抱著母親不斷痛苦嘶吼的劉濤。

魔物輕輕舔舐嘴角，期待著即將到手的美味。他看著劉濤身上逸散出來的氣息，濃稠的、甜美的味道，深深吸引著他。

啊，醞釀到絕望的情感，果然，只有人類才能散發出這麼美麗的光芒。

魔物緩緩伸出手，向哭得失去意識的劉濤伸去。

來吧，將靈魂給我，這樣你就能去陪你母親了。

永遠的。

「你不能碰他。」

一個冰冷的聲音突然響起，魔物轉身，看向屋子的另一個角落。

「誰？」

長著犄角的魔物從黑暗中顯身，看著自己的同類。

「如果你不想死，就不能吞噬他。」

「你……你是？」魔物看著這個突然出現的同類，身體不受控制地顫抖著。畏懼強者的本能告訴他要退避，他根本不是眼前魔物的對手。

然而，天性中的貪婪，又讓他捨不得放棄眼前的美食。

威廉望著這個弱小的傢伙，眼中閃過一抹不屑。

「威廉，和他說這麼多做什麼？」王晨出現在他身後，「如果他不願放棄，就直接抹殺掉，正好也替樓下的那幫人省事。」

魔物看著他們，突然明白過來，「原來是你們，弱小的魔王候選人和他的輔佐，姬玄大人的敵人。竟然和除魔人聯手，你們這些背叛魔物的——」

他的喉嚨突然被掐住，再也說不出一個字。威廉冷冷地看著他，「背叛？最先把黑鍋扣在我們身上的，是你吧。」

他手中的力量逐漸加大，可憐的魔物在他手裡，就如同一隻任人宰割的雞鴨。

魔物害怕威廉強大的力量，掙扎道：「你不能殺我，我是姬玄大人的屬下。你不能——！咿啊啊啊啊！」

在一聲淒厲的慘叫下，魔物化為一陣黑煙，消散在威廉手中。

「他死了？」王晨問。

「沒有。」威廉皺眉，「他身上有脫身的祕法，逃了。」

聞言，王晨興致勃勃道：「我去追他！」眨眼間，已經失去了蹤跡，只留下他消失前的最後一句話。

「別忘記幫我看好玩具，威廉。」

威廉並沒有阻止他，在他看來，年幼的候選人也是時候增加實戰經驗了。他看了眼躺在地上的那對母子，隨即，拿起桌上劉濤的手機，撥了一個號碼。

沒響幾聲，電話接通了。

「是我。」

「你們可以過來了。」

「不要忘記，這是一場交易。」

韓瑟帶著屬下匆匆趕來時，看到的就是癱在地上的劉濤母子，還有坐在一旁的威廉。魔物將自己隱藏在黑暗中，猶如暗夜的貴族，無聲無息，卻無法讓人忽視。

「又見面了。」韓瑟笑著和他打招呼，「非常感激你們的幫忙，只是我可以問一下這裡發生了什麼嗎？」他看著凌亂的房間。

元亮伸手試探母子倆的鼻息，驚喜道：「還有呼吸！」

俞銘戒備地看向威廉。

「我想，也許你不介意給我們一個解釋。」

在進門之前，除魔組的人對樓上的情況知之甚少。他們只能探查到目標魔物襲擊了劉濤，之後魔氣一度混亂，再然後就是大量魔氣的消失。等到他們接到電話上樓，這裡只剩下威廉一個魔物。

除魔組現在最關心的，就是那個襲擊劉濤的魔物究竟是生是死。如果逃跑了，這意味著被除魔組放棄的劉濤一家，很可能白白犧牲。

即使早就明白這是為了大局而捨小局，面對這種局面，也沒有人會甘心。

威廉掃視了屋內這一群人類，像是猜到他們心中所想，惡劣道：「很遺憾，他還活著。不過那是你們的獵物，與我無關。」

他說完這句話，整個人消失在空氣中。

屋內一片沉默，許久，有人狠狠一拳捶在牆壁上。

「可惡！這些該死的魔物！」俞銘壓抑不住內心的憤怒。

韓瑟也是低著頭，眼神晦澀不明。

他們布置了這麼久，耗費了這麼多人力，甚至不惜為此做出犧牲，可是到頭來，終究還是竹籃打水一場空。似乎只要魔物輕輕一動手指，就可以將他們的努力全部抹去。

劉濤母子的犧牲、除魔組的忍耐，在現實面前，變得荒唐又可笑。

「聯繫醫院。」韓瑟道：「先把他們母子送去治療。」

「隊長？」

「我出去透透氣。」他說了聲，轉身離開。

元亮想要跟上去，卻被俞銘攔了下來。

「別去，讓隊長一個人靜靜。」俞銘臉色也不太好，雙拳克制地握在兩側。

「混蛋！」元亮突然大吼一聲，「為什麼我們什麼都做不到？為什麼！」不能救出李晟，連設計好的陷阱，也被魔物們輕易打亂。他們的努力，看起來毫無效果。

俞銘望了他一眼，「因為我們是人類。」

人類是脆弱的個體，在強大的實力面前如此無力。

韓瑟繞路走到劉濤家社區附近。

初秋的天氣轉涼，風吹帶來陣陣涼意。揉了揉疲澀的眼睛，他想起自己好像已經兩天兩夜沒睡了。幾天沒睡的不僅僅是他一個人，除魔組的每一個隊員都為了這次行動耗盡心思，誰知道在最關鍵的時候，卻功虧一簣。

韓瑟走回車內，滿腦子都在想著該如何補救，通訊器的呼叫聲卻突然響了起來。這是除魔組內部的通訊頻道，是誰在這個時候傳訊？

他打開通訊器，卻突然愣住。

每一個除魔組成員都有屬於自己的獨特代碼，只有小隊內部才知道。

0097。

這是李晟的代碼。

Chapter 11

懶惰（十一）

王晨追著對方氣息到了郊外。

然而那個魔物不知道使了什麼手段，追到城郊的時候，他就失去了對方的行蹤。王晨站在荒郊野外，有些摸不著頭腦。

眼前是一座廢棄已久的石油工廠。在挖盡此地的石油後，工人們將能帶走的都帶走，拆不下的管道和設施就一直暴露在風吹日曬之中。齊天的煙囪和帶著修補痕跡的管道像是彎曲的蛇一般交錯纏繞。廠房的鐵門上早已鏽跡斑斑，鐵紅色宛如血跡斑駁。

這一片廢棄廠區占地廣袤，光是舊員工宿舍就有十幾棟。要想在這裡找到躲藏著的魔物，難度可想而知。

怎麼辦，難道這時候再把威廉喊來？王晨下意識不想這麼做，那樣一定會被魔物管家小瞧。他深吸了一口氣，抬腳跨入廠區。

那個魔物既然逃到這裡，一定是有所準備。敵在暗我在明，為了不被對方暗算，王晨小心翼翼地沿著門口唯一的一條大路走著，但是很快就到了分岔口。

破舊的輸油管線暴露在空氣中，滿地都是空桶雜物和金屬碎片。看著眼前分成三個方向的路口，王晨有些不知道該往哪邊走比較好。他擔心萬一選擇了錯誤的那條，對方從別的出口逃了，那該如何是好？

正當他左右為難時，耳朵卻捕捉到輕微的敲擊聲。

砰，砰砰。

極其細微的聲音，如果不仔細聽，甚至會以為是錯覺。然而魔物優於人類數倍的聽覺，卻讓王晨抓住了這一瞬間的聲音。他屏息凝神，將耳朵貼在管道上，仔細聆聽。

砰砰，砰砰砰。

什麼東西敲擊在管道上的聲音，一下一下，富有節奏，隨著頻率的變動而改變節點，這絕不是水滴或者風吹之類的自然聲音，而是有人在傳遞暗號！敲擊聲以一種王晨所不懂的頻率進行著，雖然聽不懂暗號，但是這不妨礙他明白現在的情況。

在屬於魔物的地盤裡，有人在向外傳遞訊息！

就在王晨準備再仔細聽一聽時，敲擊聲卻戛然而止。最後一聲劃出一道長音，似乎是突然被打斷！

王晨追捕的那個魔物，也有不亞於他的耳力，報信的人一定是被他發現了。

「但是，已經足夠了。」

王晨輕笑一聲，閉起雙眼，將精神集中起來，視線一下子從現實世界跳脫到一個虛幻空間——魔眼，可以追蹤到所有蹤跡，甚至是聲波傳出的痕跡。

在王晨的「眼」中，管道分布猶如迷宮般錯亂，但是在這迷亂中，有一條發著藍光的痕跡格外顯眼。那就是之前敲擊的聲音，從遠處傳到王晨耳中的路線。藍線一直往下延伸，直到地下室。

猛地睜開眼，年輕的魔物候選人露出志在必得的笑容，追擊開始！

「你這個混帳！」

地下室，布里亞一腳踢翻那個可惡的人類，又恨又氣道：「誰允許你對外傳遞暗號！誰允許你這麼做的，卑賤的人類！」

他逃到這個祕密基地，本來是準備運用這裡的傳送陣直接逃回魔界，誰知道，還沒開啟陣法，就發現卑賤的人類正偷偷地對外傳遞暗號。現在他可是被強大的魔物追蹤，要是被對方發現了，他還有命回去嗎？

一想到這裡，布里亞更加惱恨了，施加在李晟身上的懲罰也更不留情。

李晟吐出一口血，胸口彷彿骨折一樣地痛，他卻笑了，譏嘲道：「魔物也會害怕嗎？」

在一旁，是剛剛被魔物布里亞打飛的一塊碎石。為了摳下這綠豆大小的碎片，李晟有意識就用指甲細細地磨牆角。一直磨到指甲裂開，指縫不停地流血，才有這麼一點收穫。

同時，這段時間他憑藉每天按時經過的垃圾車的音樂，來判斷自己的位置。他記得城北有一座大型垃圾處理場，從城中開到垃圾場要兩個小時，而每天晚上，垃圾車經過半個小時就會再次返回這裡。

李晟心算了幾次，算出這裡到城中心的大致距離，剛剛用盡內置通訊器的最後一絲儲能，將地點報給韓瑟。

雖然很快就被魔物發現，並遭到了懲罰，之前敲擊管道的暗號也不知有沒有人聽見，但是對李晟來說，這已經算是成功的第一步。韓瑟他們遲早會趕到，而他要做的，就是在此之前拖延住魔物的步伐！絕不能任其逃走！

看見明明應該痛苦不堪的人類，露出一絲自己不能理解的笑容，布里亞心火更旺。

「你竟然敢嘲笑我？你有什麼資格嘲笑我，不過是區區人類！」

受到魔物更殘酷的折磨，李晟幾乎連呼吸都會感到疼痛。

「區區人類？」他喘息道：「人類也可以打敗你，魔物。」

「是嗎？」布里亞冷笑道：「可惜，你見不到那天了！」鋒銳的指甲從指尖伸出，亮著猩紅的血色。

「可惡的除魔人，在此之前，我就會送你去地獄！」

看著利爪逐漸逼近，李晟輕輕閉上眼，神情卻沒有半分懼怕。

布里亞沒有獲得預想中的成就感，惱怒道：「所以我才討厭該死的除魔人！」

利爪閃著寒光，向李晟的喉嚨逼去！

噌的一聲，哀嚎隨之響起。

然而嚎叫的人不是李晟，卻是布里亞。

受到襲擊的魔物將李晟扔到一邊，捂著自己血流不止的右手，看著黑暗的房間一角，憤怒道：「是誰偷襲？給我出來！」

李晟睜大腫脹的眼睛，只能看到布里亞驚懼地瞪著角落。那裡有什麼？是隊長他們來了嗎？失血過多，讓他意識逐漸模糊，而最後映入眼簾的，卻是一雙比黑夜還深的眼睛，好像在哪裡看見過……

王晨從黑暗中現身，瞥了眼倒在一旁的除魔人。如果他沒有記錯的話，這個半死不活的人類正是盟友除魔組的成員之一。

「看來我來得挺巧。」魔物候選人慶幸道。

「原來是你……」見到只有王晨出現，布里亞放鬆了戒備，嘲笑道：「只有你一個也敢追上來嗎？小傢伙。」

王晨皺眉，自從成為魔物以來，他已經不是第一次被這麼喊了。明明早已成年，卻總被鄙視年齡，這讓他很不愉快。

「對付你這種等級的雜兵，我一個就足夠了。」

「你——！」布里亞氣極，「好，那我就來試試，看你是不是真的有這個本事！」

話音未落，他已經化作一道暗紅影子，迅速向王晨攻去。

王晨抬臂，強化過的手臂，可以輕易擋住對方足以撕裂一頭大象的力道。

「只有這種本事嗎？」他低聲道。

布里亞不甘心被小看，嘶吼一聲再次攻擊，這一次他沒有使用簡單的肉體攻擊，而是使用魔物的異能。地下室冰冷的積水，被他操縱成一道道鋒利的冰刃，嗖嗖直向王晨飛去。

物質轉換，原來這就是他的能力。

王晨輕笑一聲，眨了眨眼。

時間靜止。

那一瞬間，布里亞眼中的世界變為黑白，時間、色彩、聲音，一切都被剝奪！他甚至沒來得及反應，就僵硬在原地。而當時間再次恢復運轉時，他只能眼睜睜地看著飛出去的冰刃刺進自己胸膛。

「噗哈！」布里亞噴出一大口鮮血，不敢置信地望著王晨。「掌控時間！不可能，你怎麼能掌握這個能力，絕對……」

「世上沒什麼不可能。」

王晨走上前，一腳踩在他的胸前，就像踩著一隻將死的蟑螂。

「就像我也沒預想到，有一天會在除魔人的幫助下殺死一個魔物。」

他的聲音低沉、平靜，尾音甚至帶著些微的婉轉。然而，聽在布里亞耳中，卻像是宣布死刑的噩耗鐘聲。

「不，你不能殺我！」面臨死亡，布里亞表現得比人類還膽小，「如果你殺了我，姬玄大人一定會來找你報仇，他不會放過你的！」

這已經是王晨第二次從他口中聽到這個稱呼。

「姬玄？就是指使你來陷害我，派你到這裡作亂的魔物？」年輕的候選人輕笑道：「那正好，即使他不來找我，我也會去找他麻煩。」

「你會後悔的！惹怒那位大人，你一定會後悔！」布里亞威脅他，希望藉此留下自己一條命。

王晨踩在魔物胸口的腳更加用力，聽著對方發出慘嚎，才不耐煩地道：「哪怕是再來一個利維坦，我也不會後悔。我想做的事，沒有人能干涉！」

他的語音裡帶著不經意的威勢，而聽到嫉妒之君王的名字，布里亞更是抖了一抖，臉上露出懼怕的神色。

「廢話夠了沒？」王晨盯著他，「聽說還沒有誰試過魔物的味道，那就讓我來當頭一個嘗試的好了。」他說著，盯住布里亞，黑色的眼眸彷彿最深的深淵，令人無法逃脫。

布里亞驚恐地看著他，那雙黑眸離自己越來越近，好像整個心神都要被吞噬進去。

魔物候選人低沉的聲音穿透空氣。

「以你的生命為代價，成為我的餌食吧，魔物。」

「呃啊啊——！」

布里亞面露痛苦之色，眼珠暴瞪，想要掙扎卻無法動彈，只感覺到自己逐漸被吞噬。那感覺就像意志清醒時被人剖開胸膛，掏出臟器，一點點吃乾抹淨。

肉眼無法看見的能量，從他的身體向王晨體內源源不斷地湧去。眼看，王晨就要將這個魔物吞噬殆盡。

「殿下。」

威廉悄然出現，打斷了王晨的進食。

王晨因為他的意外出現而鬆懈了片刻。布里亞抓住這一剎那的失神，化作一道黑霧，從他手中逃脫。

「威廉！」到手的獵物又跑了，王晨惱怒道：「你幹嘛挑這個時候打斷我？」

「十分抱歉，殿下。」威廉說：「但是，我想您得盡快離開這裡。」

王晨不悅地瞪著他，等待解釋。

魔物管家開口道：「除魔組到了。」

Chapter 12

懶惰（十二）

除魔組到了。

聽到這個消息，王晨雖然略感意外，卻並不吃驚。他看了一眼倒在地上的李晟，上去探了一下對方的鼻息，還有氣，這些除魔人來得倒是時候。

「就算如此，你也不該妨礙我進食吧。」王晨道：「還是說，魔物之間有明文規定不能同類相食？」

「這倒沒有。」威廉說：「但是您不能吸收那個魔物，他身上有另一個強大魔物的印記。一旦您吞噬了他的能量，將會被印記附身，到時候，對方就能時刻感應到您的位置。這種印記隱藏得很深，一般魔物無法發現，因此我猜測對方下印的時候，就有這個打算。」

聽到威廉這麼解釋，王晨才覺得心有餘悸，沒想到差點被暗算了一把。

「那個魔物怎麼辦？」

威廉瞇了瞇眼，「落到除魔人手上，他的下場只會更慘。」

逃出生天的布里亞還在慶幸自己的好運，沒想到外面還有另一個天羅地網等著他。

他剛跑出地下室，戴在手上的戒指就亮了起來。

「布里亞。」

戒指裡傳來一個悠遠的聲音。

「交給你的任務，辦得怎麼樣了？」

「大、大人！」一聽見這個聲音，布里亞就冷汗淋漓，「我遇到了意外！我沒想到那些卑鄙的傢伙，竟然和人類聯手！大人，請您幫幫我！」

戒指裡傳來的聲音變得冰冷。

「也就是說，你不能完成任務了。」

「不！大人……您聽我解釋，這是有原因的，都是那些卑賤的人類……」布里亞連忙解釋。

「你說人類卑賤，但是你卻連這些卑賤的低級生命都無法解決。我對你很失望，布里亞。」

「不！請再給我一次機會！我一定——」

戒指那端傳來一個譏嘲的聲音。

「那我就給你最後一次機會。除掉那些人類，證明你的能力……如果失敗，你就不用再回來了。」

通話到此結束，只留下布里亞滿臉倉皇。過了許久，他才明白自己是真的被拋棄了，被那位大人當成棄子！

他好不容易把握住這次機會，完成殿下吩咐的命令收集人類靈魂，可在差一點點就要成功時卻出了紕漏。

都是那些人類的錯！如果不是他們，如果不是他們——！

一道燈光照進幽暗的走道，布里亞抬頭看著窗外。在那裡，幾輛軍用卡車呼嘯著駛近，除魔組的人已經趕到此地。

「可惡的人類。」布里亞聲音沙啞，「我要把你們全部殺光，全部！」

「隊長！」元亮從車上跳下來，對韓瑟大喊道：「就是這裡，儀器感應到魔氣，沒錯！」

「很好。」韓瑟鬆了鬆指骨，「接下來準備大幹一場。」

「嘿嘿。」

元亮和俞銘一前一後地跟在他身邊。

不久之前，韓瑟收到李晟發來的一條訊息，在破解密碼後，他們得知了魔物的藏身地。出於救人心切，再加上急於除掉魔物，除魔組成員沒做多想，帶上裝備就趕了過來。不過，這一次他們叫來了本地的駐軍作支援。

作為國家的特殊機構，除魔組的級別高於一般的國家武裝組織，緊急時刻，有權調動地方武裝力量予以配合。韓瑟為了盡量減少無關人員的損傷，不再借助警察的力量，而是調動更有專業素養和作戰能力的軍隊。

「我需要你們把守周邊。」看著眼前幾名身材健碩的軍人，韓瑟開口道。

對付魔物危險重重，他不願意讓一般人輕易送命，人類的武力，在魔物面前實在太微不足道。

一位跟著他們的上校負責人不滿意地道：「戰場上，從來都沒有讓軍人退縮在後的道理。」

「是嗎？」韓瑟笑看著他，「可是無論在哪，軍令如山都被放在首位。」他的臉色沉了下來，「我不管你們是上校還是上將，現在指揮權在我這，誰想要抗命？」

十幾位軍裝男子互相看了眼，最後只有默默遵從，離開廠區，在外面布置警戒。

「隊長，你幹嘛老是扮壞人？」元亮嘆了口氣。「對他們說清楚不好嗎？」

「這種事情，不需要太多人知道。」

韓瑟說著，帶著僅有的兩名隊員踏入了廠區。

除魔組的人和王晨一樣，在岔道口遇到了困難。這一次，沒有人敲擊管道給他們傳遞暗號，敵人卻自己送上門來。

「看那邊！」元亮指道。

韓瑟和俞銘順著手指方向望去，只見一道黑影從角落迅速閃過，鑽進一旁的倉庫。儀器上顯示的魔氣數值在狂飆，那黑影絕對是魔物無誤。

對方竟然主動暴露身分，究竟是太過大意，還是別有預謀？

韓瑟皺了皺眉，看著倉庫。隊員們彼此對視，等著隊長的命令。

這種時候，還能怎麼辦？

「走！」韓瑟舉起手，示意兩人跟上。

三人來到倉庫前，俞銘和韓瑟在兩側站定，元亮上前一腳踹開大門，一個黑影瞬間竄出！

元亮只來得及舉起右手遮擋，黑影撞到他手臂上的護腕被反彈出去，落在地上哼了幾聲，猩紅的眼睛瞪著元亮，滿是仇恨。

「小子，也不看看爺爺我的護臂是什麼做的？」元亮譏諷道，同時戒備著魔物再攻擊上來。

除魔組成員身上的裝備，都是實驗室從各個魔物身上採集出來特製的，威力足以對付一般魔物。比如元亮的護臂，就是用一個被捕獲的魔將最堅硬的犄角所製，怎麼可能被區區一個普通魔物擊破。

可是紅著眼的魔物卻像失去了理智一般，一而再再而三地攻擊他們，連續幾次被擊退都沒有放棄，彷彿不知疼痛一般。

「等等，好像不對勁！」韓瑟終於發現了異樣，這隻魔物的動作僵硬，好像完全沒有經過思考，頓時叫道：「小心！這只是傀儡，真身還在別處！」

可惜他提醒得晚了！躲在暗處的布里亞抓住時機，飛竄出來，從身後衝向俞銘。尖銳的爪子穿透俞銘肩膀，巨大的衝擊力帶著他向後飛退幾步，將他狠狠地釘在倉庫的牆上。

「俞銘！」元亮驚喊道，邁步衝上前去。

韓瑟卻攔住他，「冷靜一點！」

「人類。」布里亞收回傀儡，眼眶泛紅地看著他們。

「可惡的除魔人，都是你們，害得我落到這種下場。」他低喊著，手中不斷用力。

血液從肩膀上的血洞不斷流出，俞銘卻僵著臉，哼都不哼一聲。

看見他這副模樣，布里亞不由得回想起地下室裡那個該死的人類。一想到因為他，自己不僅被更厲害的魔物盯上，就連那位大人都不願意再搭理自己。

眼前只有死路一條，布里亞不僅恐懼，心中更是憤怒不已，將怨氣全出在除魔組身上，嘶吼道：「我要讓你們知道得罪我的下場！」他手上用力，眼看就要撕碎俞銘的喉嚨。

「元亮！」韓瑟大吼一聲。

元亮腳下突然用力，速度快到肉眼都無法捕捉，飛撲過去狠狠撞在布里亞身上。魔物猝不及防，一時脫力，他抓住時機救出俞銘，並且再次飛身回來。

布里亞低吼一聲，想要追上去，然而剛一動身，發現自己竟然動彈不得。他回頭一看，只見自己右手被藍色的繩索釘在牆上，一根銀釘深深插入牆面，無論他怎麼拔，都拔不出來。

「別白費力氣。」韓瑟說：「那是用將級魔物的魔筋製作的繩索，你以為你掙脫得了它？」

魔物之中等級森嚴，一級之差，往往能力天差地別。作為小小兵卒，布里亞絕不可能是魔將對手。哪怕現在困住他的是一個死去魔將的筋骨，他也奈何不了。

喉嚨裡發出歇斯底里的怒吼，布里亞怒瞪著幾個人類。

「被你抓來的人在哪？」韓瑟問他，「你還有一次機會，如實交待，可以給你一個體面的死法。」

「區區人類，區區螻蟻。」布里亞失去理智地吼道：「我早就掏出他的心肝吃了！你們別想找到他！」

「是嗎？」韓瑟淡漠道：「那留著你沒用了。」

他掏出一把有著優美弧線的銀色槍枝，槍口對準魔物。

不知為何，被這支槍指著，布里亞心底泛起一絲恐懼。

「等等！」他連忙道：「我可以告訴你——！」

「晚了。」韓瑟冷冷地說，扣下扳機。

耀眼的白色光芒從槍口激射而出，正中布里亞。魔物發出陣陣慘嚎，在光芒中痛苦掙扎，渾身皮膚一片片龜裂化為粉末，四肢也逐漸融化。他想要化為煙霧逃跑，可是連煙霧也無法逃脫白芒的淨化，整個倉庫裡，不斷迴響著魔物痛苦的哀鳴。

韓瑟收回槍，看也不看一眼，轉身對元亮道：「你照顧俞銘，我去找李晟。」

而在刺目的光芒下，布里亞的身影逐漸淡去。等到白芒消失時，原地連一點粉末都沒有留下。

不遠處的樓頂上，威廉和王晨看著從倉庫透出來的白光。

「殿下，您看，這就是除魔人的實力。」魔物管家道：「人類的力量也在一天天地壯大。」

「所以，魔物會有危機感。」王晨看見韓瑟跑出倉庫。「是因為他們的力量威脅到我們了嗎？」

「不僅如此。」威廉道：「如果有一天，您發現原本被當作食物豢養的生物開始反抗，甚至威脅到您的生存，您會怎麼想？」

王晨試著幻想了一下，餐桌上的牛羊雞鴨突然跳起來起義，不禁覺得好笑，但是這與人類不同。

「人類是有情感的生物。」

「是的。」威廉意有所指道：「所以他們才會是我們的食物。」

正在奔跑的韓瑟若有所感，突然抬頭看了下遠處的樓頂。然而空空的屋頂，除了幾片落葉偶爾飄過，再無其他。

除魔組最終在地下室找到了李晟。他雖然傷得重，但並不危及生命，只需好好休養一陣子。

倒是韓瑟後來又返回倉庫，看著布里亞被白光淨化的地方。

「什麼都沒有。」

俞銘捂著傷口道：「被別人先得手了，是它的仇家？」

「不。」韓瑟沉默了許久，緩緩道：「被得手的是我們。」

「這個魔物的魔核不在自己身上。」韓瑟道：「我聽說魔物之間有一種主僕契約，作為僕人的一方交出自己的魔核，主人掌控它的生命並保護它。一旦僕人被殺死，作為主人的魔物就能通過留在自己那裡的魔核感覺到。」

這樣一來，除魔組殺死布里亞的事情，肯定瞞不過魔物的主人。

「但是在遇到我們之前，它身上已經有不少傷口。」俞銘皺眉道：「這說明之前有人故意放過它，讓我們來背黑鍋。」

「那我們豈不是很冤枉！」元亮忿忿不平道：「白忙了一場，還替人頂罪！」

韓瑟看向倉庫外，似乎可以想像到設計陷阱之人此時得意的笑臉。

他看著垂頭喪氣的隊員們，「苦著臉幹什麼，不就是被栽贓嗎？多一次不多，少一次不少，你們還被人陷害得少了？」

「可是隊長，雖然習慣了，還是會不甘心啊。」元亮鬱悶道：「難道就因為我們運氣不好，就老是要替別人背黑鍋？而且，到現在都不知道究竟是誰給我們下的絆子。」

韓瑟勾起嘴角，「怎麼不知道？」

「啊？」

「回去聯繫聯繫你那個心理醫生，看看它們還在不在。」韓瑟揮了揮手，將背影留給兩人，走出倉庫。外面，可還有一個重傷患需要照顧呢。

元亮看著隊長那瀟灑的背影，回頭愣愣地問俞明：「隊長的意思我怎麼聽不懂，和那心理醫生有什麼關係？難道因為它們都是魔物？」

俞銘斜他一眼，跟著走出去。

白痴，能在他們眼皮底下做這種事的，除了魔物還有誰？而與這件事有利害關係的魔物，還能有幾個？

「喂，你那什麼眼神？」元亮不滿道：「不准在心底偷偷鄙視我，聽見沒！」

除魔組救回了他們的隊員，消滅了一個魔物。

而N市的風雨，並未就此消停。

Chapter 13

懶惰（十三）

魔物沒有靈魂，只有純粹的欲望和黑暗。

回到家後，王晨小憩一番，品著手中的紅酒，他想起自己差點要吞噬布里亞的那一刻，開口道：「比起人類，魔物的味道更像高濃度的烈酒。」

「那您要當心喝醉，殿下。」威廉難得有心思開玩笑。

「他好像認得我。」王晨回想著布里亞看自己的表情，驚訝而不敢置信，尤其是在看見他使出掌控時間的能力後。

「每一位魔王候選人和他們的屬下都認識您，因為您是有史以來最年輕的候選人。」威廉頓了頓道：「也是唯一一個被人類養育大的候選人。」

王晨注意到他的用詞，威廉說他是唯一一個被人類養育的候選人，而不是唯一一個被人類養育的魔物。

「在我之前，還有其他生存在人類中的魔物嗎？」

「在悠久的歷史長河中，已經足夠人類和魔物發生各種故事。而其中的許多，我們也無從知曉。」

「是嗎？」王晨喃喃，抬眼看了外面漸漸亮起的天色。

「除魔組的人大概已經救回他們的隊員了吧，威廉。」

「是的。」

「那你說，我們該不該向他們要點報酬？」年輕的魔物候選人壞壞地笑了起來，「至少，我算是救了他們隊員一命。」

要不是他恰巧趕到，或許李晟真的就死在布里亞手中了。

「除魔組可不會承認這份人情。」威廉說：「就算承認，也不可能給我們多大回報。」

「是嗎？」王晨道：「但至少，他們總不會再好意思搶走我的玩具吧？」

劉濤，整個事情的起因、重要的關鍵人物、王晨的預定玩具，現在還躺在醫院昏迷不醒。無論是王晨還是除魔組，都十分關心他的情況。

因為，他可是第一個被魔物感染後，還活著的人類。

抬頭望了望灰濛濛的天空，韓瑟吸了吸鼻子，後悔出門沒帶個口罩。轉身，在路邊招了輛計程車。

二十分鐘後，計程車在市中心醫院附近停下。韓瑟摸了摸口袋，付完車費後僅剩下五十塊錢，他一臉無奈地對花店的女店員說：「五十元賣不賣？」

女店員看著穿著制服、西裝筆挺的韓瑟，心裡有些鄙夷。穿得這麼好，還出來裝什麼窮人？而臉上卻是一副為難的苦笑，「這是老闆娘訂的價錢，我們打工的不能隨便改的。」

「哦。」韓瑟收起錢，又在花店裡逛了逛。「有沒有其他便宜一點的花？」

「您想要送給誰呢？我們這裡有白百合、康乃馨，都很適合探望病人。」

捨不得就別來買啊！女店員暗暗翻了個白眼。

韓大隊長看了看，最便宜的花也要七、八十元一朵，不由得犯難，真是一文錢難倒英雄漢。

「老闆娘。」

掛在門上的風鈴響了響，一個年輕人推門而入。

「妳給我的這束花，不到半個小時就枯了。」

「怎麼可能！」剛才口口聲聲說自己只是個打工的女孩跑了過去，「不可能啊，我一大早剛進的鮮花。」

韓瑟玩味地看著她，「老闆娘？」

女孩像是沒聽見他戲謔的語氣，仔細檢查著年輕人手中的鮮花。

「哎……怎麼真的枯萎了？」

原本新鮮的海芋，此時白色花瓣的邊緣已徹底泛黃，也變得病懨懨地沒有水分。

「老闆娘。」年輕人語氣平緩道：「我原本是去探望病人的，這束花這樣是送不出去了。」

「我馬上幫您換一束。」女孩抬頭看年輕人的臉色，以為他還不滿意，又小心翼翼道：「那我……再送您一束康乃馨？」

「好。」

花店老闆娘如釋重負。

年輕人捧著兩束花，不再多說什麼，離開了花店。

「等一等。」

然而才走出沒多遠，他便聽見身後有人呼喊。

「你好，不好意思可以打擾一下嗎？」

韓瑟追了出來，看向他，「請問，可以轉賣我一束花嗎？我身邊帶的錢不夠，正好店主多送了你一束，才想問問你能不能行個方便？如果不可以的話，就當我冒昧了。」

「你準備出多少錢？」

韓瑟眼睛一亮，掏出口袋裡所有的錢，「五十，我只有這麼多。」

年輕人接過錢，爽快道：「成交。」

韓瑟喜孜孜地捧著康乃馨，道謝離開了，而年輕人轉身走向不遠處的角落。

「殿下。」在那裡，一個優雅高眺的男人，正在街角等著他。

「即使您不滿意剛才那束花，魔力也不是讓您這麼用的。」

「有嗎？但是剛剛我拿著老闆娘賠償的花，又賺了一份錢。」王晨摸出剛剛到手的五十元給他，「按你的利益論來看，毫無疑問是我賺了。」

威廉看著兼職二手花交易的候選人殿下，默然無語。

王晨想了想又道：「威廉，海芋的味道怎麼樣？」

威廉無奈地跟在他家殿下身後，他剛剛被命令使用魔力吸走那束海芋的生命力，好讓王晨去換另外一束。

「反正不是魔物喜歡的口味。」

「是嗎?那下次換束康乃馨試試。」

「我想,我也不會喜歡康乃馨。」威廉一本正經道。

「做魔物不要太挑嘴。」王晨道:「走吧,去醫院看看我們的病人。」

「是獵物。」威廉糾正。

兩個魔物捧著一束花,向街道對面的醫院走去。而在馬路的另一邊,韓瑟將康乃馨交給醫院保全後就匆匆離開。

沒有帶識別魔物裝置的韓瑟和魔物菜鳥王晨,就這樣擦肩而過。

位於市中心的市立第一醫院,王晨已經是第二次光顧這裡。

在還沒成為魔物,以及尚未有威廉這個稱職的管家之前,他看病從來不會到這些大醫院,當然他也很少生病。

巧合的是,至今為止僅有的兩次光顧都和魔物有關。

不，準確地說，是和魔物們的獵物有關。

「妳好，我來看望昨天剛入院的病人，劉濤和他母親。」王晨走向服務櫃檯。

「請問你是？」

「我是劉濤的心理醫生。」

看向詢問的護士，王晨微微瞇起眼，放低聲音道：「我需要見他，告訴我他在哪。」

低沉的聲音彷彿有魔力，黑色的眼眸也讓人無法拒絕，護士愣愣地望著他，神情迷惘。她像是被操控的木偶一樣，馴服地回答王晨。

「是，您所探望的病人在C棟302房……」

得到病房號碼的王晨滿意地走了，而護士這時才回過神，她有些迷糊地環顧了一圈。

「剛剛好像有人在這？」

不遠處，王晨走過去和等在電梯前的威廉會合。

「您太大意了。」威廉皺著眉，「您對蠱惑術還沒有完全掌握，很可能會留下破綻。」

「是是是。」王晨敷衍著他的操心，「但如果不實際運用的話，它永遠都是初級水準。你應該讓我多些機會練習，威廉。」

魔物管家沉默地跟在後面。

醫院永遠是人來人往，為了不惹上不必要的麻煩，在進入醫院前王晨讓威廉幫忙遮掩自己身上的魔氣。

無論是除魔組還是其他魔物，他暫時都不想被他們發現自己的身分。

兩魔抵達劉濤所在的樓層。劉濤在普通病房，而她母親尚在加護病房。

「您確定要直接進去？恕我直言，這裡恐怕已經被除魔人監視。」威廉提醒道。

王晨說：「我知道，不然也不用特地來這一趟了。」

他徑直走向劉濤所在的那間病房，嘴角噙著笑意。

「我就是要讓除魔人知道，劉濤是一個和魔物有關係的人。」

威廉稍落後一步走在後方，此時聽見王晨這麼說，在背後靜靜注視著他。那雙眼眸中完全沒有平時顯現出來的恭敬和謙卑。

只有，深沉的凝視。

走到病房門前，王晨稍稍停頓，敲了敲門。

「請進。」屋內傳來一個男人的聲音。

王晨推門而入，首先看見的是雙人病房內的另一位病人。那是一個年約四十的男人，看見王晨他們進來時愣了愣。

「你們是來看望這個年輕人的？」中年男子隨即反應過來，「他沒什麼大礙，只是一直睡著還沒醒。」

「你好。」王晨向對方禮貌地點點頭，隨即將手中鮮花放到病床旁。而在床邊的小櫃子上，一束康乃馨安靜地擺在那。

王晨默默打量著這束花，同病房的大叔注意到他的視線，解釋道：「這是剛才保全那邊送過來的，聽說是有人請他們代為轉交。真奇怪，現在的年輕人探望病人都不願意親自過來嗎？」他隨即又補充道：「當然我說的不是你，請別介意。」

王晨對他笑一笑，在劉濤床邊搬了張椅子坐下，威廉則站在他身後，一動不動。他們倆都沒有繼續說話，原本還想再多說些什麼的大叔，看這陣勢也不敢打擾他們，靜靜地躺床上翻著書。

而他卻不知道，此時王晨和威廉正在通過另一種方式交流。

「他怎麼了？」

以魔物特殊的聲波交流，人類聽不見他們的對話。

「雖然看起來只是普通的沉睡，但其實是意識受到衝擊，沒有外界干涉的話，根本不會醒過來。」

「植物人？」

「可以這麼說。」

「有什麼辦法可以讓他恢復意識？」

「沒有。」

出乎意料地，魔物管家這次斬釘截鐵地否認。

「威廉？」王晨有些訝異，抬頭望著他。

「他的意識太過脆弱，如果我強行干涉，只會徹底擊碎它。」

「你做不成，由我來不就可以了嗎？」

威廉不贊成地回視王晨。

「您根本就沒有學習過如何侵入人類的意識中，您還太過年輕。」

「但是並非完全不可能，是嗎？」王晨鍥而不捨。「如果我可以入侵他的意識，就能把他救回來。」

被王晨抓住了話語中的漏洞，威廉不是很愉快。

「您沒必要這麼做，不過是一個人類……」

「當然有必要。記得我說過的話嗎，威廉？」王晨眨了眨眼。「想要有所成長，鍛鍊是必不可少的，你應該放手讓我嘗試各種練習。況且，這個人類對我還有用處。」

不知道是被王晨說服了，還是心裡有了其他考量，威廉終究教了他入侵的方法。

「您只需要抓住這個人類沉睡的靈魂，然後命令他讓你進去即可。」

「這麼簡單？」王晨有些詫異。

「進入並不困難，之後才是危險之處。人類的精神世界錯綜複雜，我不想讓您輕易涉險……」

威廉還沒說完，就看見王晨眼睛微微閉上，顯然已經開始入侵劉濤的意識。

魔物管家看著這樣自作主張的王晨，即使心裡不滿意，依然悄悄地往他身後走近一步。保護候選人是他的第一使命。

此時，駐紮在外面的除魔組。

韓瑟剛剛回到指揮車就收到部下的最新消息。

「隊長，剛剛有人去醫院看望劉濤。」

「查出是誰了？」

「沒有，但我們裝在醫院的針孔攝影機有拍到影像。」元亮調出一組照片指給他看，

「咦，照片怎麼變成這樣了？」

照片上是兩個年輕男性，首先讓人第一眼就看到的是那個走在後面的高個男子，無論是身形還是氣質，他都很引人注意。當然，也很容易引起同性的排斥和嫉妒。走在他前面的，則是一個更年輕的男人。然而，他們兩個的面容在照片上都變得模糊不清，像是打上了馬賽克，根本無法分辨。

元亮冤枉道：「絕對不是我動的手腳，隊長！」

「我當然知道不是你。」韓瑟白了他一眼，「算了，我大概知道這兩個魔物是誰，

它們沒有惡意。」

「難道是？」

「就是劉濤的心理醫生。」韓瑟道：「算起來，我們和它們暫時還是結盟狀態，而且作為上次欠它們人情的回禮，這回我們就不去打擾了。」他又問一旁的俞銘道：「李晟的情況怎麼樣了？」

「他的意識已經恢復了，只是還需要一段時間療養。」俞銘說：「而且據他回憶，那個魔物原本已準備逃跑，甚至畫好了傳送回魔界的傳送陣。」

「傳送陣？」韓瑟皺眉。如果真的有能讓魔物隨時來去的傳送陣，那麼他們抓捕魔物的工作就更困難了許多。

「請放心。」俞銘回答，「據李晟所說，這類的傳送陣沒辦法輕易開啟，只是……」

「只是什麼？」

「李晟說，在魔物快要殺死他時，有另一個魔物出現救了他。而且目標魔物還稱呼對方為——候選人。」俞銘道：「你們認為這個『候選人』，會是什麼意思？」

「什麼意思，難道是魔物美男選秀大賽候選人？哈哈！」元亮大笑了幾聲，見兩個隊友都一臉嚴肅，沒人理睬自己，不由訕訕道：「開個玩笑嘛，這樣也不准啊？」

「不論它們究竟在準備什麼形式的候選，對我們來說，都不會是好事。」俞銘道：「N市已經聚集了太多魔物，看形勢可能會越來越多。隊長，我們需要向總部申請援助。隊長？」

俞銘連喊了幾聲，韓瑟都沒有反應，他還在看那張監視器拍下來的照片。

「這個人……」

看著照片上走在前面的年輕人，韓瑟摸著下巴，仔細打量對方的穿著。

「我好像在哪裡見過。」

「不會吧，隊長你和魔物很熟嗎？」元亮湊上前，「哎，我怎麼也覺得好像在哪裡見過？俞銘，俞銘，你快過來看，你是不是也見過這個魔物？」

「難道不是你上次去心理診所見到的那個？」俞銘問，不是很感興趣地走過去，可是一看照片，他也愣住了。

因為，照片上的人，實在有些眼熟。雖然看不見臉，但無論是動作和身形，都有一種似曾相識之感。

「我想起來了！」元亮一拍腦袋，「上回！就是我們與利維坦對峙那一次，把我們帶到天臺的商場員工，和他是不是有些像？哎，那傢伙長什麼模樣，俞銘你還記得嗎？」

不記得了。

明明曾面對面交談過，但是對於對方的容貌，如今卻一點都想不起來。俞銘敏銳地察覺到不對，當時如果不是那個人，他們也不會到天臺，也不會這麼巧合地與利維坦撞上。

現在，再想想利維坦離開時說的那些話，真相彷彿就在眼前。

「它故意把我們引過去對付利維坦。」俞銘黑著臉道：「然後它們坐收漁翁之利。」

韓瑟的臉色也不是很好看。任誰被算計了，臉色都不會好看。

「那個，這個……你們的意思是，那個倒垃圾的年輕人是魔物，它故意引我們過去，就是為了借我們的手對付利維坦？」元亮混亂了，「不對啊，那它現在又來找劉濤做什麼？這個N市究竟有幾批魔物和我們有糾葛啊？」

「沒有幾批，全是同一批。」韓瑟道：「利用我們對付利維坦的是它，與我們結盟的是它，幫我們救下李晟的也是它。」除魔組隊長輕笑道：「看起來，我們淵源頗深啊。」

「那，我們現在到底是上還是不上？」元亮指著醫院，「難道就這樣放過它們嗎？」

「上，當然上。」韓瑟看著照片，那人手裡拿著一束海芋，輕聲道：「他還欠我一束花。」

元亮目瞪口呆地看著他，「隊長，你、你……你什麼時候有這種癖好了？」他捂住胸口連連後退，「怪不得每次部長幫你介紹女人你都拒絕，原來隊長你竟然好這一口！」而且對象還不是人！

韓瑟看著他一臉幸災樂禍的模樣，微微一笑，捲起袖子摩拳擦掌道：「我會讓你知道，我究竟好哪一口。」

「唔，呀！救命！」

五分鐘後，被打得奄奄一息的元亮只剩半條命地躺在一旁，在眾人憐憫的眼神中苟延殘喘著。

韓瑟心情總算好了點。「它們還在醫院？」

「是的，這兩人一直待在病房。」

韓瑟看了下時間，低聲道：「時間這麼長……」他突然抬頭，對車內的隊員們展露笑顏。

「有誰願意和我一起去一趟醫院？」

沒有人應聲。

「陪我去的人，這個月休假一天。」

「我！我去！」

「隊長，選我吧！」躺在地上的元亮拚命舉高手，想讓韓瑟注意到自己。

但是韓瑟看都不看他一眼，對俞銘道：「你跟我去一趟。」

俞銘問：「需要帶什麼裝備嗎？」

「不用，我們又不是去抓人。」韓瑟搖了搖食指，「從現在起，在醫院裡不要叫我隊長，叫韓 sir。」

元亮在一旁嘀咕了一句，「你本來就叫韓瑟……啊！」毫不意外地，他又被踹了一腳。

而此時醫院內的王晨，並不知道自己的身分已經被除魔人發現，並且對方正打著主意準備來找他們。

他剛剛入侵劉濤的意識，才終於知道威廉口中的危險是什麼意思。

這裡就像另一個世界，從頭頂到腳底，都是一片漆黑，比宇宙還遼闊，卻連一顆星辰都沒有，讓人不由自主地陷入孤獨的恐怖之中。

最糟糕的是，王晨發現在這裡，自己使用不了任何屬於魔物的力量。

他抬頭環顧著劉濤的意識世界，確定這絕對是他有史以來遇過最惡劣的情況。

正這麼想著，上空一個黑色重物襲來，伴隨著一個人尖叫的聲音。

「下面那個誰，小心啊！」

Chapter 14

懶惰（十四）

天上掉下餡餅，一般用來形容好事。

但是此刻，王晨看著那個從天而降的巨型蛋糕，卻一點都不覺得幸運。

粉紅色，塗著一層厚厚奶油，鑲嵌著多種水果的巨大蛋糕，正從數十公尺的高空朝他砸來。萬一被砸中，絕對不是什麼好事。

王晨連忙後退十幾步，避開這個巨型炸彈。

「砰！」蛋糕落地，發出重重的聲響。

王晨回頭看了一眼那被砸出來的深坑，慶幸自己及時躲過。就算只是意識形態，他也不想被這種黏糊糊的東西砸到。

「喂，喂，喂，讓一讓！借過借過！」一道人影飛快地從他身後竄出，然後，高高一躍。

臉上帶著幸福的表情，這人就這樣……跌入了蛋糕海中。

那巨型蛋糕在深坑裡砸得稀巴爛，奶油和蛋糕不成規矩地攪和在一起，伴著汁液四流的水果碎片，實在很倒人胃口。

王晨冷靜地看著那個暢游在這一片蛋糕稀泥中的人，看著他來回游了十圈。

「噗啊！」

一個深潛進去，又突然竄出來，濺起來的奶油差點噴到王晨身上。

「好爽。」這個暢游蛋糕海的人又仰泳起來，他頭枕在一塊漂浮的蛋糕上，仰天看著，看著……看到一個黑色的人頭。

「咳，咳咳！」

猛地一驚，這人轉過身來，看見深坑旁默不作聲地盯著他許久的人。

王晨見他終於注意到自己，出聲喊：「劉濤。」

「你是誰？」劉濤好奇地看著他。「我在這裡待了這麼久，還是第一次看到和我一樣的活人。」

其實他眼前的這個也不算是人。

「你在這待了多久？」王晨問他。

劉濤扳著手指數了起來，數完手指想要扳腳趾，發現在一團奶油中實在難以做到這種高難度動作，只能放棄。

「不記得了，反正很久。你知道我的名字，你認識我？」他眨著眼睛問。

王晨不動聲色地看著眼前的劉濤，總覺得他很奇怪。雖然看起來正常，但是言行舉止卻不像是一個智商正常的人。

這麼想著，王晨對一身奶油的劉濤伸出手。

「我認識你，來帶你出去。」

「出去？我才不要。」坑裡濺起一陣奶油浪花，再一回頭，劉濤已經跳到岸上。王晨跟上他。

「我在這裡待得好好的，為什麼要出去？」

「外面比這裡更好。」

兩人一路走過，原本空無的世界，隨著劉濤的到來而一點點發生變化，從黑暗虛無，變得豐富多彩。王晨發誓，自己在這裡看到了許多有史以來最稀奇古怪的玩意。

「是嗎？外面有大蛋糕讓我游泳？」

一人一魔正好走過一座炸雞堆出的城堡，劉濤隨手抽了塊炸雞出來。轟隆，失去支撐點的炸雞城堡在他身後坍塌成灰。

「外面也有這種炸雞城堡？」

「……一個叫迪士尼的地方，有很多城堡。」仗著劉濤現在似乎智力不健全，王晨面不改色地瞎扯。

此時，他們坐上一條小船過河，劉濤隨手捧起河水飲盡。王晨發現這河水竟然是彩色的，而且似乎每種顏色都代表著不同的飲料。

「那也有隨時隨地都可以喝的河水嗎？」

王晨現在開始懷疑自己進入的不是劉濤的意識世界，而是愛麗絲夢遊仙境之類的童話故事。

「外面有很多大河，河裡面有很多魚，所以……」

劉濤期待地看著他，王晨慢吞吞地來了句。「所以，你可以隨時隨地捧起一瓢河水，當魚湯喝。」

「聽你說的好像不錯。」

小船靠了岸，兩人相繼上岸。

「但我還是不想出去。」

「為什麼？」

「不知道，只是想待在這裡，永遠不要出去。」

逃避心理。默念了一句，王晨繼續跟在他身後。

「而且這裡很好，我想要什麼就能有什麼。比如，我現在想要睡覺。」

一張超級豪華的立柱大床出現在劉濤身後，他輕輕鬆鬆地往後一靠，躺了上去，打了幾個滾。隨即，便像懶豬一樣動也不動。

王晨冷眼看著他，想著這傢伙真不愧是被魔物看上的貨色，有夠懶。

從床上掏出一個木偶，劉濤隨手擺弄著。

「而且這裡能夠看到很多有趣的事。」

周圍不知什麼時候暗了下來，四周一片漆黑，只有床前有著瑩瑩亮光。王晨循光望去，看見一臺電視。

電視上放的好像是訪談節目，劉濤正看得津津有味。

王晨走近，盯著他懷裡的木偶。這隻缺胳膊斷腿的木偶有一雙黑色的眼睛，明明只是用墨水點上去的，卻讓人覺得它是真的在看你。

一個破爛的木偶，一動不動地盯著你，讓人背後陡升涼意。

「要我說，這個劉濤啊……」

電視裡突然傳來的一句話，把王晨的注意力吸引了過去。他抬頭看向螢幕，正看到一個中年女人。

「要錢沒錢，要學歷沒學歷，長得也就一般，要不是靠他家裡的那套房子，哪個女的會看上他。」

畫面一轉，又變成一個年輕男人，他摟著一個女孩正在大笑。

「我跟妳說我之前那個室友，叫劉濤的那個，一天到晚玩遊戲，到現在還是一事無成，這麼大的人了，宅在家靠爸媽養，真不是個男人！」

電視上的畫面一下子跳轉過無數個畫面。

「沒用……」

「沒本事……」

「活著浪費空氣。」

許多人咒罵嘲笑的聲音，像是念經一樣不斷傳入耳中，讓人心生煩躁。

王晨注意劉濤的表情，只見他一臉無所謂，倒像是覺得很有趣，彷彿他們說的是其他人的事。

王晨低頭看著床上的木偶，總覺得它好像離自己近了些，它剛才是在這個位置嗎？

他盯著木偶那雙黑黑的眼睛看，一無所獲。木偶只是木偶而已，無力地趴在床上。

剛才它的嘴有那麼紅嗎？如同鮮血一般。

電視上依舊播放著不同人對劉濤的評論，而當事人卻無動於衷地看著，甚至捧了一袋瓜子在手中嗑。

他真的一點都不在乎？

王晨有些興致缺缺，而此時電視機卻突然傳出沙沙聲，變成了另一幅畫面。

「王晨。」

一個很像是威廉的聲音，從電視裡傳出來。

「為什麼我要選你做主人？不過是個無知的幼兒。」

這是威廉一貫冷嘲熱諷的聲音，但王晨還是第一次聽見他用這種語氣對自己說話。

即使明知道是假的，他仍舊忍不住盯著電視看。

「你知道為什麼我會服從你？」威廉冷漠的聲音傳來，帶著某種蠱惑。

王晨不由得集中心力去聽他的下一句話。

「那是因為，你……」

異變突生！

臉龐傳來一陣火辣辣的刺痛，王晨連忙躲避過去。沒想到就算早有準備，還是被襲擊了。

伸手撫到傷口上的血跡，他眼中隱隱泛起怒意，看著地上那個襲擊他的——木偶。

此時已經不能用木偶來形容了，原本破爛的玩具被賦予了生命力，鮮紅的嘴像是要啃噬般大張著，墨色眼睛泛著紅光。這更像是一個怪物，一個失去神智的野獸。

王晨可以看到木偶背後聚集的黑色氣息，那是可以傷到他的某種東西。不，是已經傷到他了。

「沒想到竟然會被人類傷到。」抹去臉頰的血跡，王晨冷笑。「一定會因為這個被威廉說教。你害我這麼麻煩，準備怎麼賠償我，劉濤？」

沒錯，比起那個坐在床上無動於衷的人，這個凶狠怪異的木偶才是真正的劉濤。

被點破身分後，周圍的景色迅速發生變化。

這是一個充斥著黑色與紅色的怪異世界，兩種顏色像是黏稠的血液一樣融在一起，讓人覺得噁心又恐怖。

「你的品味真是令人不敢苟同。」王晨嘲笑。

木偶眼中的紅光閃了一閃，又迅速撲來。速度太快，他根本來不及躲，或者是，他根本就不想躲開！

木偶狠狠地咬在王晨肩上，像狼一樣撕咬。而他卻在此時露出一抹微笑，緩緩伸出右手，緊抓住木偶的腦袋。

「來得正好，我可是……餓了很久。」

瀰漫在木偶身後的黑色怨氣突然像是被吸入黑洞一樣，全都向王晨手心湧去！他早已經發現了，自己在這裡不是無法使用能力，而是劉濤的意識世界，讓他下意識地認為自己不能使用能力。一旦突破這種心理暗示，他照舊可以發揮出實力。

一個黑色漩渦在王晨身邊形成，將木偶身上的怨氣一網打盡，怨氣中時不時地出現各種扭曲的人臉，似乎是在咆哮，抗議，不甘心就這樣被吸走。它們向王晨伸出利爪，想要將他也拖入深淵，然而最終，黑色漩渦還是將怨氣吞噬得乾乾淨淨。

第一次吞噬這麼多負面情感的年輕候選人，輕輕打了個飽嗝。

「好撐。」王晨揉了揉肚子，「果然不能暴飲暴食。」

他再瞧著地上奄奄一息的木偶，失去怨氣後它變回了原本的破爛模樣，要不是眼中還有紅光，幾乎會讓人以為這只是一個無害的玩具。

王晨微笑，輕輕拾起它，然後——伸手扭下了它另一隻手臂。

木偶發出無聲的尖叫。

「這是剛才打傷我的懲罰。」年輕的魔王候選人睚眥必報。「以後你再慢慢還。」

他愉快地拿著那隻斷掉的木頭手臂，反覆欣賞。「現在，讓我出去。」

木偶對他這句話毫無反應，似乎不打算妥協。

「你不想見你母親？」王晨在它耳邊低語。「被你殺死的母親，可憐的女人。想想她毫無防備地被自己的親生兒子勒死，臨死前卻還在為你擔心，是不是很蠢？」

木偶掙扎起來，發出吱呀吱呀的聲音，彷彿隨時都會散架。

「辛辛苦苦地操持著整個家，養著一個自甘墮落的兒子，就這樣操勞了大半輩子，最後卻被自己的親生兒子掐死。這樣的女人，難道不愚蠢？」

木偶發出一聲刺耳的尖嘯，在王晨手裡抖動起來。

看著它掙扎狂亂的模樣，王晨再次露出笑容，「我可以保證，你永遠都別想再見到你母親。因為即使離開了這個世界，等待你的也只會是地獄。」

猶如惡魔的誘惑，他輕語：「除非——你答應跟我離開這裡，我就讓你再見你母親一面。」

木偶眼中紅光閃動。

「媽……」

終於從劉濤的意識中離開，王晨只覺得無比疲憊。這次的旅程充滿了意外，但也有不少收穫，他得回去好好疏通一下思路。

「你好。」

正在他揉著太陽穴時，旁邊傳來一道低沉的男聲。

王晨抬頭，便看見一個倚在門邊的男人正對他微笑。

「沒想到這麼快又見面了。」

Chapter 15

懶惰（十五）

劉濤覺得自己做了個稀奇古怪的夢。

夢裡有會飛的蛋糕、炸雞做的城堡、飲料淌成的河水，還有……那個心理診所的實習生。

為什麼會在自己的夢裡看見他？難道是日有所思夜有所夢？

不，不，不，自己絕對沒有整天在想那個見鬼的毒舌實習生，絕對沒有！只有偶爾，偶爾會想起他說的幾句話而已。

說起這個，那個實習生在夢裡好像還說了些什麼？

你答應跟我離開這裡，我就讓你再見你母親一面。

媽？

老媽……

一個中年女人無力地躺在地上的畫面，突然浮上腦海。

「你把我媽給怎麼了！」

劉濤大叫著從床上坐起，用力過度，不小心扭到了腰。

「疼！疼疼！」揉著痠痛的腰，劉濤納悶，「這什麼破地方，床這麼窄？」

他揉了半天抬眼一看，才發現整間屋子裡的人都在看他。他轉眸，看見一個熟人，正是剛剛在夢裡威脅他的那個實習生。

好啊，在夢裡作弄我還不夠，現在還來幹嘛？

「你，你——！」劉濤指著對方的鼻子，半晌吐出一句話來，「你不是說要帶我去見我媽的嗎？」

王晨看了他一眼，「你在做夢吧？」

「我……」劉濤愣了愣，是啊，那不是在做夢嗎？

「我這是在哪裡啊？」他終於反應過來，周圍不是熟悉的景物。

「醫院。」

「我怎麼到醫院了，我媽呢？」

「這位先生，你什麼都不記得了？」

劉濤轉身，看向對他搭話的人。一個和顏悅色的年輕男人，看起來很好相處，但是卻讓他本能地覺得危險。

「記得什麼？你是誰？」

韓瑟微笑，掏出一張證件，「我是負責你母親案件的員警，你可以叫我韓sir。在你醒過來之前，我正在對這幾位做詢問筆錄。」

「我媽她怎麼了？」劉濤緊張地問。

「你母親被送進醫院，懷疑是自殺。不過，要不是她脖子上沒有你的指紋，我們倒傾向於將你定為嫌疑犯。」

「我是嫌疑犯？我為什麼要殺我媽！」劉濤幾乎什麼都不記得了，情緒激動，「你們警察只知道說風涼話！」

「冷靜點。」

韓瑟看向他，「現場疑點很多，為了你和你母親著想，我們還是查清楚點比較好。你還記得些什麼？比如，在這段時間和誰接觸過，有沒有和誰結仇？」

「韓警官。」在劉濤繼續暴躁下去之前，王晨出聲：「我想我的病人現在的狀況並不適合接受詢問，如果你有什麼問題，直接問我們好了。」

「你們？」韓瑟明知故問，抖眉望向他。

「劉濤之前曾接受過我們診所的心理諮詢，我想關於他的事情，沒有人比我們更清楚。」王晨說著，一旁的威廉上前一步，與韓瑟對視。一人一魔眼中，閃過諸多了然。

「如果你還有想問的問題，就請問他吧。現在，我和我的病人需要休息。」

韓瑟還想說些什麼，但是威廉已經走過來，很是「客氣」地請他們離開。最終，他和俞銘只能眼睜睜地看著病房房門在面前關上。轉身，還要面對一個散發著冷氣的男人。

是的，威廉現在心情並不好。

他看著眼前這兩個人類，冷淡道：「請快點問，我沒有很多時間。」

韓瑟笑了，「正巧，我們有很多問題要問你們。」說著，他向裡面看了一眼，隱約可以看見王晨的背影，「我親愛的，合作夥伴。」

病房內，只剩下劉濤和王晨。另外一個病人在韓瑟他們開始詢問之前，就被客氣地請出去了，暫時待在活動室。

「我好像做了一個很奇怪的夢。」坐在床上好一會，劉濤才出聲。

「夢見什麼？」

「一個可以隨心所欲的世界，還有……你。」劉濤喃喃道，「你對我說，可以讓我見我母親一面，然後就叫我回來。」

他眼前一亮，似乎想起很多。

「我記得了！你用奇怪的方式攻擊我，害我受傷！你還扳斷我一隻手！」

「那是因為你先咬我一口。」王晨道。

劉濤驀地一頓，「這、這麼說……夢裡那些事都是真的？」他錯愕萬分，「我怎麼會變成那個模樣，還有你怎麼能進到我夢裡？你是什麼人？」

「你以為呢？」王晨面不改色地問。

「妖怪？超人？不，我看你更像是魔鬼！斤斤計較，特別愛記仇！」

「恭喜你，答對了。」王晨對他露出一個陰森的笑容，「現在被你識破了身分，看來非得殺人滅口不可了。」

整整沉默了三秒，屋內響起一道殺豬般的喊聲。

「救命啊！妖怪要吃人啦！救命，救命，救命，我不想被殺掉啊！我不要被大卸八塊，也不要被剁成肉泥！」

王晨皺眉看著眼前這個大喊大叫的傢伙，要不是他事先施了一個新學會的隔音法術，恐怕早引得一大堆人過來。

「閉嘴！再喊一聲我真把你給吃了。」

劉濤立刻噤聲，淚汪汪地抓著被角，「我、我的肉不好吃，你別吃我。」

看著他這滑稽的模樣，王晨倒也覺得有趣。

「要吃你的可不是我。」

聽見「吃」這個字，可憐的劉濤又抖了抖。

王晨悄悄抿起嘴角。逗弄著這個人的同時，心裡還在想著另一件事。

那個除魔人肯定不會就這麼放過劉濤，之後定會再來尋他。這麼一個有趣的玩具，又是如此優質的儲備糧，怎麼能被其他人搶走呢？

作為魔物的護食心理徹底爆發，王晨腦筋轉了轉，一個想法浮上心頭。

「你想活命嗎？」他問眼前的人類。

劉濤點了點頭。

「想要你和你母親都安然無恙的話，就照我說的做。」

年輕的魔物候選人勾起唇角。和一幫除魔人搶食似乎也是件有趣的事，不妨試一試。

十分鐘後，王晨推開門。他一看見門口的兩人，不禁皺了皺眉。

「你們怎麼還在？」

韓瑟無奈地攤手，半真半假道：「沒辦法，責任在身，不調查清楚我們怎麼會走呢？」

王晨似乎有些不悅，「他已經休息了，有事明天再來問。」

「可是，我現在好像對兩位更感興趣呢。」韓瑟瞇眼，看向王晨，道：「更何況，我之前『欠』這位先生的人情，還沒有還清。」

王晨明白他意有所指。兩人兩魔之間，氣氛變得僵硬，一觸即發。

「等等！警察先生，我有話要說，我想起一些事情了。」

屋內突然傳來劉濤的聲音，韓瑟兩人神色一變。

「抱歉，這可是當事人自己說要見我們。」他對王晨笑了笑，推門而入。

在外面就能聽見劉濤和他們討價還價。

「我跟你說了，你就不會再懷疑我了？」

「看情況吧。」

「那你們要確保我和我媽的安全。」

「這是當然的。」

「別再把我當嫌疑犯！」

「考慮考慮。」

「你們再這麼不合作，我就不告訴你們我想起什麼了。」劉濤嚴肅道。

韓瑟咳嗽了一聲。

「……你說吧。」

王晨和威廉離開，兩魔繼續祕密交談。

「您確定那個人類可以相信？」

「威廉，不是信任他，而是可以利用。」

「人類都很狡猾。」

威廉的語氣有些不滿。

「我知道。」王晨笑了笑，想起夢境裡劉濤那個詭異的木偶分身。「但是如果，他不再是人類了呢？」

魔物們雖然沒什麼同胞愛，但也不會喜歡出賣同類。王晨明白他在想什麼，抬起右手，輕輕握了握。之前在劉濤的意識世界中，他就是用這隻手吞噬了那些怨氣。

那種感覺似乎會上癮。他總算明白，為什麼有這麼多的魔物熱衷於捕食人類了。

王晨忽然轉移了話題，「你說魔物的味道會是怎樣？威廉。」

魔物管家看著自己主人的背影，微微低下頭。

「如果您想嘗試的話，您總會知道的，殿下。」

主僕二人不再交談，他們彼此都明白對方的意思。

韓瑟和俞銘從醫院離開時，王晨和威廉早就離開了，俞銘有些不放心地問：「你相信劉濤說的話嗎，隊長？」

韓瑟頭也不回，「不管信不信，他至少是現在唯一活著的魔物事件被害人，以後多注意他。」

剛才劉濤提供了一個至關重要的線索，他說自己曾遇到一個奇怪的人，還和那個陌生人有過交談。

當韓瑟他們問劉濤記不記得那個人說了些什麼，劉濤只是迷惘地搖了搖頭，說是一點都不記得了。

這幾乎讓韓瑟確定了，魔物就是在那時盯上他的。但凡捕獵的魔物，都會對獵物施下某種咒術，讓他們忘記當時發生的事。除魔組需要搜集這些資訊，一旦明確魔物捕獵的過程，以後他們就可以防患於未然。

「我總覺得，劉濤和魔物還有牽扯。」俞明道，「他似乎和那家心理診所，有著不小的關聯。」要知道那間診所裡可是有著不少魔物。

「這和我們有什麼關係呢？」韓瑟說：「我們的任務，就是清除正在捕獵人類的魔物，至於其他的——」他笑了笑：「望塵莫及。」

「難道就那麼放過它們嗎？」俞銘指的是王晨和威廉。

「暫時不去動它們。」韓瑟道：「我們人手還不夠，而且……」

「隊長？」

停下腳步，回頭看向街角的某處，韓大隊長低聲道：「正如你說的，它們很不簡單，現在的我們不一定是對手。在不清楚你的對手究竟想要做什麼之前，不要輕舉妄動。」

「難道它們還有別的目的？」俞明驚訝。

「誰知道呢？」

兩手插在褲袋裡，韓瑟回想起那個年輕人冷靜沉斂的黑眸。

「我總覺得，它不是一般的魔物。」

Chapter 16

懶惰（終）

帝都，地下兩百公尺深處，有一間不為外人知曉，甚至也不在國防內部名單的實驗室。這是開發對魔專用武器的主要基地。

在除魔組對抗魔物的戰鬥中，對魔武器開發實驗室承擔著絕對支柱的責任，從經費分撥上就可以看出這點，除魔組百分之九十的經費都是消耗在這些實驗中。

有誰會想到這樣重要的實驗室，竟然就建在首都最繁華的商業街地底，而實驗室的領導人，更是個還年不過三十的年輕人。

嚴懷，除魔組的第一知識分子，在一大堆好戰的莽漢中埋頭於研究的他似乎有些格格不入，然而這個年輕人，卻是讓除魔組能與魔物分庭抗禮的最大功臣。

科研組組長，除魔組的絕對核心人物之一，此時，他正緊皺眉頭，看著眼前正在進行的實驗。

新武器開發正到關鍵時刻。

「組長。」

開發室外，一個穿白大衣的中年男子走進來。

「韓瑟發來消息，請求人手去N市支援。」

嚴懷動也未動，好似沒聽見。

中年男子左看看右看看，也知道現在不是打擾的時機，只好靜靜地站在一邊。

場地中央，一把白色的手槍正在精密儀器的操作下一步步組成。

看起來簡單的組合程式，每一步都是研究人員花費了大量心血和無數次的類比，才得到的最終步驟。

終於只差最後一步——注入小型粒子能量。開發室內所有人屏住呼吸，大氣都不敢喘一下。

嗡——

儀器緩緩運作，一陣耀眼的藍光閃過，映亮了整間開發室。

等光芒淡下去，人們緊張地看向實驗室的中心。負責檢測的人員手指翻飛，查閱各項資料。

半晌，有人高呼：「成功了！」

室內響起一片歡呼聲，所有人都喜形於色地慶祝著，就連一直緊繃著臉的嚴懷也悄悄地鬆了口氣。

剛才進屋傳遞訊息的中年男子此時也是喜難自抑，這支新型對魔用槍的重要性沒有人不知道。這支槍的開發成功，意味著除魔組以後甚至能獵殺魔帥級別的魔物！

「組長！」趁著所有人鬆一口氣的工夫，中年男子再次找上嚴懷。「韓隊長他說……」

「人手支援是嗎？」站在隔離窗前的嚴懷回身。「他們在N市的任務還沒有結束？」

「是的，似乎出了些意外。」

「N市。」嚴懷低聲呢喃。

「組長？」

「我親自去一趟。」

「可是！」中年男子大驚失色，「實驗還沒有經過最後測試，您不能離開啊！」

「所以我才要去。」

嚴懷看著場中的祕密武器。

「如果N市的魔物真的那麼難解決的話，就用它們做靶子好了。」

廢棄的廠房內，被布里亞遺忘的魔界傳送陣突然亮起一道刺眼的紅芒。昏暗的地下室被照耀得一片亮堂，等光芒暗淡下去時，地下室平白多了一個身影。

那是一個看起來僅有十二、三歲的小女孩，她好奇地張望著，不一會就厭煩了。

「人類世界也沒什麼好玩的嘛。」女孩嘟起小嘴，向外走去，「真不知道為什麼利維坦總是喜歡來這裡，貝希才不喜歡呢。」

「沒有人非要妳來。」

女孩身後突然又冒出另一個身影。

如墨一般的長髮、冷峻完美的容顏，以及背後那對由一根根白骨組成的骨翼，都在昭示這個「人」非同一般的身分。

女孩看著他，突然張開口！小巧的嘴巴竟然能拉開到耳邊，露出滿嘴尖牙，宛如人身蛇面的恐怖怪物！貝希摩斯伸出長長的藍色舌頭，舔了舔自己的犬齒，朝男人露出挑釁的笑容。

骨翼魔物看了她一眼，並沒有理睬。

「別忘記我們的任務，貝希摩斯。」

貝希聞言，心不甘情不願地合攏嘴巴，又變成原來人見人愛的可愛模樣。

「好吧，看在利維坦要我聽你話的分上。不過，我們到底要做些什麼呢？」

「殺戮，掠奪，捕食，這就是我們永久的追求。」骨翼魔物道：「然而在此之前，必須要解決掉更多的競爭對手。」

這一天夜裡，魔界公爵，魔王第四候選人姬玄，偕同地獸貝希摩斯，降臨人間。

隱藏於各處的勢力都在蠢蠢欲動。無論是準備出擊的除魔組，還是隱匿身形的魔物們，都被這即將燃起的硝煙撩撥得不能自已。

而始作俑者，成為各方焦點的王晨，卻渾然不知自己已經挑起一場大戰。

劉濤事件後一個禮拜，郊區，威廉宅。

年輕的候選人和他的管家，迎來了一位新的房客。

魔物管家冷冷地看著這個在他面前哆嗦的人類。

「你的任務就是陪殿下玩樂，隨叫隨到，不能拒絕，必要時還必須充當儲備糧食。明白嗎？」

「明、明白！」劉濤連連點頭。

劉媽媽事件解決後，劉濤就被接到這裡來。他不知道這兩個魔鬼動了什麼手腳，自己老媽一點都不記得之前發生的事，聽自己說終於找了份工作，還很開心地催他早點出門。

劉濤偷偷看著像是要把他吃掉的魔物，悄悄咽了口口水。

二樓，王晨剛剛睡醒下樓，看見像是兔子一樣害怕的劉濤，眼前一亮。

「過來。」他招呼道。

在威廉冰冷的視線下，劉濤一步步挪近王晨身邊。

看著手底下微微顫抖的人，王晨掀起嘴角，露出兩顆尖牙，舔了舔嘴角笑道：「既然你來了，就先讓我吃個早飯吧。」

可憐的劉濤抽搐了兩下便嚇暈在地，口吐白沫。

王晨惋惜地問威廉：「他膽子這麼小，這樣我豈不是不能吃了？」

「您可以等他醒來再用餐，殿下。」

他嘆氣，「今天又很無聊呢。」

這是未來的魔王陛下普通又平凡的一天。

然而短暫的和平，很快就會結束。

——《滅世審判02》完

Side Story

未來魔王陛下與管家的日常

這是剛遇見威廉的那段時間發生的故事。

王晨很苦惱。

作為一個身心健全、正值大好年華的年輕人，哪怕他五穀不分、四體不勤，大學畢業後就失業，王晨也從沒有想過，自己會面臨這樣的人生。

在遇到威廉以前，他的生活十分簡單。

每天睡到日上三竿，頂著一頭亂髮去樓下饅頭店買包子當午飯。有時，饅頭店老闆娘心情好，多送他兩個肉包子，晚飯也就有著落了。

中午玩會電腦，午休，上課。

晚上和室友打遊戲，洗澡，睡覺。

一天過得非常充實，完美詮釋了什麼叫做利用生命來放縱，簡直就是新一代頹靡青年的楷模。當然，畢業以後不暢銷的行情，屢屢被退回的履歷，也給了他一個響亮的巴掌，讓王晨認識到社會不是這麼好混的。

少壯不努力，老大徒傷悲。

作為一個渾渾噩噩度過大學四年的畢業生，王晨本該就此體會到社會艱苦，深刻反省一下自己以前是多麼不上進，然後開始發憤圖強，重新做一個有文化、有理想、有道德、有紀律的四有青年！

可是，他遇到了威廉。

自從遇到魔物管家，王晨的生活就來了個一百八十度的大轉折。當然最開始的時候，他本人並沒有意識到這點。

威廉剛來的那會，只是管制他的飲食。

在第二次看見王晨把泡麵當正餐吃時，魔物管家面色凝重地道：「殿下，有句話我不知該不該說。」

「什麼？你想說就說唄。」

威廉拿起空泡麵包裝，「我發現您似乎偏愛速食食品，但是這種食物並不適合您。」

「我知道，你是想說泡麵多吃對身體不好，可我吃了這麼久也沒什麼毛病啊。」王晨頭也不抬。

「對於人類來說，經常吃泡麵的確算是一種慢性自殺方法。」威廉掏出一臺黑色 **iPad**，翻動著資訊，「最近僅本市，就有二十七人因為常年吃泡麵而罹患胃癌，十五人因泡麵攝入過度鹽分導致膽固醇升高，誘發冠心病。剩餘還有近百人因此患上呼吸道感染、胃功能失調、肥胖等等。」

啪——

威廉關掉頁面。

「但是，這並不是我建議您不要食用泡麵的原因。」

此時，王晨手中的筷子已經僵在半空中了。

「作為魔物，我們的身體會自動排除雜質，不像人類一樣容易受到環境影響，可是，您才二十多歲，還未成年，您的身體機能尚未發育完全，過度食用這些食品，也許會對您的發育造成不利影響。」

「比如呢？」王晨小心翼翼地問。

「攝入過多激素，可能會導致您的魔物特徵發育不齊全。」威廉指著 **iPad** 上的圖片，「原本我們在成年前會開始發育第二魔徵，有的魔是生出翅膀，有的魔是長出尾巴，也有的是角。」

威廉挑了挑眉，他的魔物形態下，頭上那雙角就非常有個性。無論是帶有力度的黑色曲線、尖銳而鋒利的尖角，還是神祕的暗色符文，都在昭示著他是發育得十分出類拔萃的雄性魔物。

相比起來，王晨簡直就像是一隻遲遲沒有長出鬃毛的小雄獅。

「您的第二魔徵到現在還沒有動靜。恕我不敬，如果不湊近聞味道，現在的您看起來，簡直就像是——」

他嫌棄地皺了皺眉。

「一個道道地地的人類。」

魔物管家痛心疾首道：「因此，我認為您可能患上了一種在魔物幼兒間有極高病發率的疾病——後天性骨質疏鬆，以致發育遲緩。」

王晨的嘴角抽搐了一下，「你說什麼，誰是魔物幼兒？」

威廉不理會他，繼續道：「再進一步發展下去，我擔心可能引起併發症，從而演變為小魔麻痺症。」

聽到這裡，王晨的嘴巴已經張成了O形。

威廉嚴肅道：「作為未來魔王，魔物們絕對不會認可一個殘疾的君主。我希望您能意識到事情的嚴重性。」

「沒、沒有那麼誇張吧？」

「那麼，我問您，您現在是否感到胃部不適？」

「好像是有一點。」

「最近消化功能異常，經常便祕。」

「偶爾啦。」

「嚴重時甚至會失眠，第二天全無胃口。」

王晨說不出話了。

「這就是病發的前期症狀。殿下，為了不讓您成為魔界第一千零三百一十二個殘疾幼兒，作為您的部下和監護人，我有權對您進行適當限制。」

威廉上前抽走了王晨手中的泡麵，唰的一聲，隔空扔到水槽裡。

「從今天開始，請您不要再食用速食食品。」

「……那我吃什麼？」

「我建議，您應該完全戒掉人類的食物，按照魔物的菜單……」威廉看了看王晨的臉色，緩了口氣道：「還是一步步來吧。」

從那天開始被勒令禁止食用泡麵後，王晨每日三餐就由威廉親自負責。實在看不出來，這個一臉冷漠高傲的魔物管家，竟然學得一手好廚藝，不僅會做菜，更做得一手好菜。吃慣了威廉的手藝後，王晨也瞧不上外面的垃圾食品了。後來他甚至養成一個習慣，每天回家前都先去逛一圈超市，把今天要吃的菜買好帶回去。久而久之，隔壁鄰居大嬸看他的眼神都有些曖昧起來。

「小晨啊，最近沒怎麼見你去外面吃飯了？」

「是啊，這陣子都在家裡吃。」

「你自己做菜？要不要阿姨教教你，或者晚上帶點菜給你？」

「不用了，其實我有……」

話說到這裡，王晨就知道糟糕了。果然，只見問話的鄰居大嬸立刻捂住嘴偷笑起來，轉身和另一個大嬸嘀咕道：「我就說這小夥子找了女朋友，妳看，每天都急著回家。」

「可不是嘛，有時候我晚上還會聽到他屋裡有奇怪的聲音呢。」

「哎呀，這些年輕人，精力就是旺盛……」

繞過這些愛八卦的大嬸們，王晨頂著一頭黑線回了家。

晚上，看著身高八尺、肌肉發達的威廉，王晨不禁心想，如果那群大嬸發現自己的「同居女友」是個肌肉壯漢，又會露出怎樣的反應？

真是期待看到那群八卦愛好者驚呆的表情。

他出神地想著，路過的威廉瞥了他一眼。

「殿下，您餓了？」

「沒啊。」

「那為什麼您一臉欲求不滿？」

「……威廉，做你的晚飯去。」

飲食管制只是個開始。

從那以後，威廉為了打造心目中的魔王陛下，開始全面折騰王晨。

「您為什麼要穿這件衣服出門？它並不能彰顯您的品味。」

「殿下，您太粗魯了。作為一介魔物貴族，哪怕在面對人類時，我們也該時刻保持優雅的儀態。」

「啤酒？不不，那簡直就像是排泄物。紅酒才是人類唯一一項偉大的發明，如果您要品酒，我可以教導您如何品鑒紅酒。」

「為什麼要去人類的公司應徵？只要您想，我可以為您提供任何體面的工作。」

在王晨解釋了無數遍，自己不想做一個被屬下供養的小白臉後，威廉總算是妥協了。

「好吧，祝您順利。」

這天，出門的時候，威廉站在門口對他道別。

「如果您需要找一份滿意的工作，我隨時可以提供幫助。」

「謝謝你，威廉，我想我自己可以。」

「那好吧，殿下。」威廉突然低下頭，把臉湊近王晨耳邊，「您的領帶繫歪了。」

他說著，更靠近了些，伸手為王晨重新繫上領帶。

已經習慣被服侍的王晨，絲毫不覺得兩個男性這麼做有什麼不妥，直到一聲驚叫，喚回了他的神智。

「呀——！」

手上拎著垃圾袋的大嬸，臉色緋紅地看著這兩個人。

「我不是故意的，你們繼續，繼續啊。」

看著大嬸帶著一臉「我發現祕密了」的表情興奮地跑遠，王晨徹底臉黑了。

他相信過不了多久，他和一個男人搞曖昧的傳言就會傳遍整個社區，而以那些八卦愛好者以訛傳訛的本事，等事情再傳到他耳朵裡時，鐵定已經變了十七、八個版本，面目全非了。

奇葩男子和租屋處裡的同居牛郎什麼的，大學生和包養他的總裁什麼的，王晨已經可以想像到，明天整個社區都會流傳著各種各樣的流言！

「威廉。」

他盯著魔物管家頭上的犄角，面如死灰。

「是的，殿下。」

「事情是你惹出來的，你給我想出一個解決的方法！」

威廉低頭微笑。

「有一個最好的方法。」他說：「就是離開這裡，去另一處適合您居住的地方。作為魔物，您不能和人類太過親密，殿下。」

王晨想了想，竟然也想不到一個更好的辦法。

在遇到威廉的第三天，他終於明確意識到，自己似乎，真的，不適合再和普通人類繼續住在一塊了。

——無論從哪個方面來講！

這是搬到郊外住沒多久的時候。

王晨還不是很習慣新家生活，哪怕這屋子的主人是他名義上的屬下，也掩蓋不了他是住威廉的屋、吃威廉的飯，還被威廉伺候的本質。

如果威廉是女性，王晨想，自己簡直就是一個標準的小白臉。

「我得找點工作，我不能容忍自己繼續吃白飯下去。」他在客廳撐著下巴道。

「工作？」威廉說：「您忘記上回的事了？」

王晨臉一黑，他想起自己上次打工，卻被捲入利維坦的陰謀。

最後如果不是有除魔組當擋箭牌，現在事情還不知道會怎樣呢。

「說實話，在您訓練好自己的魔物本能前，我並不建議您外出。」威廉道。

「是嗎？可是我之前二十幾年，作為一個普通人不也活得好好的？」王晨忿忿道：

「怎麼成為魔物後，我還不如以前了？這是歷史的倒退，威廉！你忍心讓我就這樣，被養成一個只知道享受的伸手牌嗎？」

「這有什麼不對？」威廉絲毫不以為意，「作為您的屬下和監護者，在您成年前照顧好您，本來就是我的職責。您見過哪個人類家庭，會讓還未成年的孩子扛下生活負擔的？就算是野獸，也不會讓嗷嗷待哺的幼兒去捕獵。」

差點忘記這點了。

在這群上了年紀的魔物面前，自己二十出頭的年歲，根本抵不上一個零頭。

「所以你成年了，威廉？」

「那是自然。」

「你究竟多少歲？五十、五百、五千？」王晨好奇心起，「你會像電影裡的吸血鬼那樣，要是覺得活得太長沒有意思，就找一副棺材睡覺嗎？活得太長，會不會覺得一切都很枯燥，厭世什麼的……」

「殿下。」威廉無奈地看著他，「下次少看些電影，我確定自己很正常。」

「是嗎？」王晨無奈地看著他，「可我看你無欲無求，看個搞笑電影眉毛都不會動一下，真的沒有問題？」

「再有趣的事，看一遍兩遍會笑，看個千遍百遍就會覺得無所謂了。而且那些笑話，我實在不覺得有什麼好笑的。」威廉看向王晨手裡的書，「殿下，作為一個幼兒，對世界充滿好奇心是好事，請您繼續保持。」

怎麼覺得被嘲諷了？

王晨放下手中的《你哈哈我呵呵笑話大全》，嚴肅地看著魔物管家。

「你這樣是不對的，威廉！」他痛心疾首道：「你怎麼能覺得世上一點趣味都沒有呢？笑話不好笑，還有別的呀。難道世間的一切，像是初升的朝陽、披風的雨燕、新誕生的生命，以及其他事物，都已經不能吸引你了嗎？你怎麼能忽視這些美好？」

「那些本來就不能吸引我。」威廉淡淡道：「相比起來，人類的呻吟、扭曲的靈魂、好友間的憎恨，還比較有趣。」

差點又忘記他，不，他們都是魔物。王晨覺得，自己的觀念亟待重塑。

他嘆氣道：「這樣活著真的挺沒意思的，難道我以後也會和你一樣嗎？若是如此，永生還有什麼意思？」

威廉奇怪地看著他，「誰說魔物是永生？」

「難道不是？」

「當然不是，不然怎麼會有魔王候選人的爭奪？上屆魔王辭世後，才會選出新的候選人。魔物也是會衰亡的。」

提起前魔王，王晨好奇心大盛。

「那你知道，前任魔王是怎麼死的嗎？」

「不。」威廉搖頭，「沒有人知道。」他說：「當他覺得生命走到了盡頭時，會自己消失在眾人的視線中。否則，您以為魔王力量衰落後，別的君王會放過他？」

咕嘟一聲，王晨咽了口口水，「不會是我想的那樣吧？」

「弱肉強食。」威廉道：「一旦魔王陛下的力量不足以壓制七大君王及其他貴族，君王和貴族就會開始反抗，而落敗的魔物，往往不會有好下場。其他強大的魔物會將他分而食之，以繼承魔王的力量。」

「好、好歹也是曾經的魔王陛下，難道他就沒有什麼親近的屬下或者子嗣？他們就眼睜睜地看著魔王被眾魔分食？」

「子嗣，也許有吧。不過他們為什麼要阻止這件事？」威廉奇怪道：「如果真的尊敬自己的父親，就應該在他年老力衰時，第一個砍下他的頭，吞噬他的血肉與力量，賜予他有尊嚴的死亡。這才是真正的魔物該做的。」

「……」

王晨覺得，自己還不是很瞭解魔物這個種族，他有必要好好消化一下。

「這麼說來。」他問：「前任魔王是被其他君王分食了嗎？」

威廉搖了搖頭，「沒有人知道。他在力量最強盛的時候，就封閉了王宮，一個人待著。等過了許久，君王們趕過去時，只發現空的王座和王宮。」

他想了想道：「也許是知道自己的死期，早早離開，在某個無名的地方死去了吧。」

這麼想想，其實魔王也不是多好的職業。危險性高不說，報酬還不定，不僅仇家多，死後還要擔心被魔分食，簡直就沒有一天能安穩嘛！

似乎是看出了王晨的動搖，威廉低聲道：「如果您沒能獲得王位，在此之前，就會死在其他候選人手中，下場並不會好多少。」

那如果我放棄候選人的資格呢？

王晨的這句話卡在喉嚨裡，並沒有說出來。

因為他看見了威廉的眼睛，一雙黑色的、冰冷的眼睛。即便一直體貼地擔任著管家的職務，照顧王晨起居，威廉依舊是一個真正的魔物。

王晨沒有忘記他剛才說的話。

比起生命、朝陽與希望，魔物更享受死亡、痛苦與絕望。

魔物，他們沒有憐憫之心，是完美的利益衡量者，一旦確定某件事物沒有價值，就會毫不猶豫地將它拋棄。

王晨笑了笑，選擇將那句話永遠封存在心裡。

無論威廉究竟是怎麼想的，他覺得，最好讓這個魔物永遠安分地做自己的管家，不要生出其他念頭。

在這一刻，王晨知道，自己的選擇只有奪取王位一途。

他低下頭，繼續翻閱手中的笑話集。

也許在不久以後，他也會像威廉一樣，覺得這個世界毫無意趣，不過在那之前，能多笑一秒就是一秒吧。

當晚，Jean 來做家教，意外地發現王晨學習竟然積極了許多。

「今天發生了什麼我不知道的事情嗎？小殿下。」

王晨抬頭看他，「這世上，你不知道的事可多了，Jean。」

威廉走上前，為他的殿下遞上一杯茶。

——番外〈未來魔王陛下與管家的日常〉完

Side Story

魔物與人類

「您在和誰聯繫？」

威廉端著一杯紅茶，從背後走近。

他俯下身，看到自己主人正興致勃勃地拿著手機，顯然正和人聊天聊得熱絡。

自從成為魔王候選人，王晨很少有聊得來的朋友了。因此，偶然遇到一個能和他順利交流的人，他都十分珍惜。

「是阿旭，上次去 **Jean** 酒吧裡遇到的那個。」王晨回道。

威廉若有所思，「您最近一直在和他聯繫？」

「聊聊天，談談美食什麼的。」王晨說著抬起頭，「我沒和他說別的，只是聊天也不可以嗎？」他的眉眼中，流露出一絲輕微的不滿。

威廉連忙低下頭，「我當然不是干涉您的交友。」

「是嗎？」王晨拖長尾音看著他，「那你是什麼意思？」

「我只是想提醒您，作為獵食者，還是不要太親近自己的食物為好。」威廉循循善誘道：「因為您遲早會發現，人類和魔物，是完全不同世界的生物。」

「這個你放心，我只是打發時間而已。」王晨揮了揮手，「不會和他牽扯太深的。」

威廉意味深長地看著年輕的候選人。

「希望如此。」

王晨真的只是想找一個聊天對象而已，一個不會真正走進他的交際圈，又有話題可聊的夥伴。

在整日的魔物訓練中，以及日益產生碰撞的魔物與人類價值觀影響下，他覺得自己迫切需要一個發洩的出口。而酒吧侍者阿旭，就是這個能給他緊繃生活帶來些許放鬆的聊伴。

最初在 Jean 的酒吧相遇時，王晨只以為對方是個性格溫和的帥哥，卻沒想到幾次接觸下來，兩人竟然頗有相投之處。

「我也很討厭永興街的古董店老闆娘。」

阿旭發來信息。

「每次從她家店門前走過，她總是緊緊盯著你，就像防備你偷走她的什麼寶貝一樣。」

「對啊對啊。」

對於這個話題，王晨深有同感。

有一次他避雨躲在那家古董店屋簷下，就被老闆娘雷達般的目光一直掃射著，最後她甚至故意收起店門口的雨遮，就為了趕走這個可憐的避雨人。

關於這個奇葩老闆娘的故事還有很多，像是敲詐外行的買家，故意以次品訛人，都是再尋常不過的事。附近街上的人，都很瞭解她的品性。

「人類對自己的同胞為什麼不能稍微寬容點呢？」王晨不由感慨。

「寬容？我很意外，你竟然會有這種想法。人類，不就是在壓榨同伴、互相排擠之中，才能生存的生物嗎？寬容只是虛偽的教條罷了。只有你才會這麼想，真是個可愛的傢伙。」

王晨吃驚地看著這段文字，他幾乎能透過這些字元，看到阿旭打字時刻薄的表情。

真意外，看似溫和的人竟然也會有這麼激進的一面。

還是說，溫和只不過是一種假象？

在那之後，由於 Jean 一直擔任他的魔物家教，王晨有時間又去了酒吧幾次，見到了阿旭。在面對客人時，侍者總是一臉得體的微笑，讓人看不透他的心思。

那段時間，正是不知名的連環殺人狂在城內肆虐時。王晨得到威廉的內幕消息，知道這不是魔物的手段，而是真真正正人類自己犯下的凶案。

在與阿旭聊天時，兩人不免又提起這件事。

「不劫財又不劫色，這個殺人狂究竟圖些什麼？我有點想不明白。」王晨嘀咕道。

與魔物不同，魔物捕殺人類的原因十分簡單，只是為了滿足食欲。而人類之間的自相殘殺，卻似乎總有很多原因。

「哎呀，你還真是一個哲學家，總是喜歡思考這些事。」阿旭取笑他，「為什麼要有原因呢？就不能是因為，他單純地想殺人嗎？」

「殺人？一個人殺死另一個人，只是因為取樂？」

「有何不可呢。」

阿旭正調著一杯猩紅的血腥瑪麗。

「殺人，被殺，死亡，出生。既然會有人無緣無故地愛或憎恨他人，為什麼就不能有人無緣無故地想要殺死同類呢?也許他只是想要這麼做。」

「是嗎?」王晨撐著下巴，「可我覺得，凡事都有理由。也許這個殺人狂不斷行凶，只是為了——」他頓了頓。

「為了什麼?」阿旭瞇眼看他。

「滿足某種欲望。像是嬰兒啼哭，就是為了引起大人的注意。人總是故意做某些事情，來吸引他人的注意力。或許這個殺人狂是以這種方式，來表達自己的需求。或許他想對我們說些什麼。」

阿旭搖晃調酒器的手停了下來，眼睛看向王晨。

「你認為他想說什麼?」

王晨閉上眼，回憶著自己看到凶案現場時，那殘留的痕跡帶給自己的直觀感受。

「憤怒、憎恨……悲痛。」

他睜開眼，直視著阿旭。

「我看到了血與淚。」

彷彿是融合在猩紅的血色中，那幾乎被人忽視的淚痕、無法被人注意到的呼救，是來自凶手本人的吶喊。

「你看到？什麼意思？」阿旭問。

「字面上的意思，就是可以感覺到。」

阿旭失笑，「你真的是個有趣的傢伙。」

王晨說：「我只是把感覺到的說出來。難道不是嗎，難道你不這麼覺得嗎？」

阿旭沒有回答，只是靜靜地注視著王晨。兩人一時之間陷入一種詭異的氣氛。

「瞧瞧，可愛的小殿下在和我們家侍者玩什麼遊戲？」Jean 笑著走了過來，親暱地搭上阿旭的肩膀，「難道你們突然發現愛上彼此了？」

第三者的插入，打斷了兩人之間的詭怪氛圍。

阿旭放下調酒器，倒出醞釀好的微醺酒液。

「沒有。」他笑著說：「只是在開一個玩笑。」

接著他端起酒杯，將血腥瑪麗一飲而盡。

彷彿在飲一杯血。

兩天後，連環殺人狂再次出手。這次的現場極其殘暴血腥，受害者的血液幾乎流乾，而嫌犯也因此在現場留下了至關重要的線索，抓獲真凶指日可待。人們興奮而恐懼地議論著這起案件。

而王晨能感覺到，充斥在現場的絕望與恨意。

像是一個被人撕破偽裝，不得不流露出最深傷口的小丑，他揮起武器，報復這個世界。

「晚上過來一趟吧。」

當天，他收到了阿旭發來的短信。

「我有點東西給你看。」

「您要出門嗎？」

王晨走到門關前，威廉在他身後如此問。

「是的。」王晨回答：「一個朋友約我。」

魔物管家並沒有阻止，只是微微欠身，純黑的眼眸凝如古井。

「那麼，路上小心，殿下。」

王晨趕去赴約。

出門的時候，他遇到幾隻停在電線桿上的烏鴉，牠們虎視眈眈地盯著前方的空地。一隻死去多時的老貓癱倒在地，在一旁，是牠孤獨無助的孩子。不用再等多久，這可憐的母親和牠的孩子們都會成為烏鴉的食物。

路人來來往往，沒有人理會幾隻畜生的生死，而唯一關心牠們的死亡的，卻是牠們的敵人。

生與死的競賽，每時每刻都在上演。

王晨抬腳，跨過了這片區域。

他來到酒吧，此時正好是酒吧營業的前幾個小時，空間裡充斥著一股可怕的寂靜，完全不見平日的喧譁。

「阿旭？」

王晨喊了幾聲，突然聽到樓上傳來動靜，他循聲向二樓走去。二樓只有一間房間的門開著，屋裡隱約透出昏黃的光，像是在故意引誘他前往。

這是一個誘餌，王晨明白，但是他仍然選擇走進屋內。那一刻，視線驟然變得昏暗。

燈滅了！

門被人關上。

黑暗中傳來一聲輕笑，一個極近的聲音湊在耳邊。

「你來了。」

那是一個似哭似笑的聲音，湊得很近，呼吸噴吐在王晨耳邊。

「作為獎賞，我要給你看一個禮物。」

說話的人走遠，沒過多久，王晨感覺到一股濕潤的液體滴在臉上，滑膩卻溫熱，帶著莫名的質感。

燈光突然亮起，黑暗中掩藏的一切都無所遁形。

一顆心臟。

出現在王晨眼前的，是一顆新鮮的心臟。它似乎幾秒前還在賣力地搏動，而此時只是靜靜地待在一個人掌中，被另一個人沉默注視著，成為一件觀賞的玩具。

「哦，看來你並不是很吃驚。」

對面的人把這「小小的玩具」收起來，看向王晨，「當然，你可能早就知道這一切是怎麼回事，是嗎？

那帶著笑意的臉湊過來，「是不是很有優越感！一個瘋狂的殺人狂，一個入魔的可憐蟲，看著這樣的我，你覺得自己很高高在上是不是？」

掩藏在對方笑容下的瘋狂，還有瀰漫在這間屋內，一種充滿誘惑力的味道——那是人類靈魂扭曲的味道。王晨從來不知道，原來人類的情緒，竟然能散發出這麼誘人的香味。他被這味道引誘得動了動喉結，而對方只把這當成是他害怕的表現。

「阿旭。」他喊著對方的名字。

「不要這麼叫我！」阿旭露出猙獰的表情，「不要像那個男人一樣，這樣叫我的名字。你們這些虛偽的傢伙！」

他的情緒在一瞬間漲到最高點，王晨甚至可以清晰地感受到對方的記憶。

被父親毆打的男孩。

被虐待得奄奄一息的母親。

鄰人嘲笑的眼神。

親戚同情目光下的鄙夷與厭惡。

旁人帶有目的的接近。

「男人、女人，你、我，全都是冷血的動物，全部都是。人類只有血才是溫暖的，也只有死人才不會傷害我、背叛我。」阿旭的語氣忽然變得極其輕柔，像是在說著睡前的床邊故事。

「我從來都不後悔殺人，因為只有殺了他們，他們才會真正屬於我。」他的眼睛又流露出猩紅，「我有什麼不對？這些人向我索要各種東西，而我要的只不過是他們的命而已，有什麼不對？」

就像那隻在母親的屍體下簌簌發抖的幼貓。當整個世界帶給牠的只有傷害與背叛，牠便化作厲鬼，向這個傷害牠的世界復仇。

「知道嗎？」阿旭湊近王晨耳邊，「我討厭那些人憐憫我的目光，但是更討厭你的眼神。」

他盯著王晨，「你的眼神總是能撕開偽裝，讓我血淋淋地躺在你面前。無論我再怎麼掩飾自己，卻總是會被你拆穿。比起他們，我更恨你！」

冰冷的尖刀已經逼近胸口，襯得對方瘋狂的面容格外刺目。

「所以請你去死吧，為了成全我。」

王晨閉上眼，突然想起了威廉說的話。

魔物能夠感知到人類的情緒，因此能夠輕易分辨人類的情感。

人與魔，終是殊途。

而他，是魔。

刀光劃破空氣。

下一秒，阿旭親眼看著本該捅進對方身體內的匕首，插進了自己胸口。

寒冷的刀尖帶走胸膛的一絲絲暖氣。

王晨站在他面前，毫髮無傷，黑色的眼珠散發著詭異的紅芒，就像是高高在上的魔鬼，憐憫地看著徒勞掙扎的獵物。

在那一刻，阿旭看到了對方眼中與自己相同的情愫。一種被泥沼困住，卻無法脫身的痛苦。

原來如此。

看著自己流血不止的傷口，他卻突兀地笑了。

「原來，你也是個怪物。」

這是王晨聽到的，這個男人說的最後一句話。

人類逐漸冰冷的屍體躺倒在地，王晨站在原地，卻無動於衷。

「可愛的小殿下。」Jean不知什麼時候站在門口，「一個沒留神，竟然被您搶走了我的食物。」

「你的食物？」王晨看向他。

「是啊。」

Jean走進屋，俯視著沒有呼吸的阿旭。

「一個身世可憐、心理扭曲的人類，不正是魔物最好的儲備糧食嗎？我一直留著他，卻沒想到被您捷足先登了。」

「你雇用他，是因為他符合你食物的條件？」王晨問：「所以你平時對他好，也都是這些原因？」

「還有別的理由嗎？」Jean理所當然地反問，又道：「不過既然是您捕獵的，那麼，他的靈魂就歸您了。」

「我不需要。」王晨轉身，「不是我喜歡的口味。」

「真是個挑食的小鬼。」Jean無奈地笑，「那麼，這份美味就由我來享用。」

離開房間時，王晨聽到身後翅膀撲搧的聲音。

他知道，那裡有一隻魔物，正在享用人類痛苦的靈魂。

人類，不就是在壓榨同伴、互相排擠之中，才能生存的生物嗎？

那魔物呢，魔物又是如何生存的？

死去的阿旭沒有朋友。

在外人看來，他只是沒有理智的殺人狂。這個世界上，唯一關心他的，是期盼他死亡，想要獵食他靈魂的魔物。

王晨又回到了那個路口。

母貓的屍體已經僵硬，失去母親保護的小貓們奄奄一息。

生與死，時時刻刻都在周圍徘徊，遊蕩，好似幽靈。

路人絡繹不絕，依舊沒有人在意這幾隻卑微的生命。這個世界總是這樣冷漠。

王晨走過路口。

幾分鐘後，他一身泥濘地出現在家門口。

「殿下？」威廉吃驚地看著他，「您這是怎麼了？」

「威廉。」王晨舉起懷中的大衣，問：「我們可以養寵物嗎？」

幾隻弱小的幼貓，蜷縮在他的外套裡。

數月後，王晨去掃朋友的墓。

這裡每天都有新住戶登記入住，他簡單詢問了警衛一番，找到了自己想要探望的那座墓。

「這案件很轟動啊！」公墓的看守人對他道：「沒想到竟然還會有人來專門看他。」

還有其他人？

王晨走近墓地，地上已經有一束潔白的百合，旁邊還有燒成灰燼的紙錢。顯然，來祭拜的人準備得很細心周到，應該是一位女性。他抬頭四處張望，卻沒有看見人影。

是誰，還會來為這個人掃墓呢？

久尋無果的王晨，將視線放在墓碑上的照片。照片上，阿旭就像第一次見到他時，溫柔地笑著。

「你知道的吧，剛才是誰來看你？」

理所當然，不會有人回答。因為這個人不僅死去，甚至連靈魂都被魔物吞噬得一乾二淨。

王晨沒待多久便離開了。

臨走時，難得有人聊天的看守人又多說了幾句。「聽說那個人以前就殺死了自己的親生父親，還讓他母親進監獄頂罪！作孽啊作孽。」

「他母親？」王晨回過身。

「是啊！當年那件案子很有名，不過那個當父親的本身就劣跡斑斑，最後頂罪的人沒被判死刑，好像是判了二十年。」

二十年，如果在監獄表現優秀獲得減刑的話，現在也可以出獄了。

王晨若有所思，回頭望了望墓地的方向，彷彿可以看到一個頭髮花白的老女人彎下腰，點燃紙錢，擺上最嬌嫩的花朵。

白百合，花語為天堂。她是在祈禱自己作惡多端的孩子能夠進入天堂嗎？

王晨瞇了瞇眼，覺得有些可笑。人類，果然很有趣。

當然，魔物更有趣。

一個殺人犯和一個垂垂老矣的母親，怎麼可能買得起這塊最貴的墓地？

那麼，是誰買的呢？

王晨離開公墓，走進初秋的暖風中，而墓碑照片上的那人，卻笑得燦爛。

也許，這個世界除了冷漠，還有一些別的什麼。

若是讓魔界新貴，堂堂魔王第四候選人，英明睿智的公爵姬玄大人再做一次抉擇，他絕對不會答應利維坦的要求，陪同貝希摩斯一起到人間。

哪怕因此駁了嫉妒君王——他的合作夥伴的臉面，他也不會再做如此愚蠢的事。

作為鼎鼎有名的地獄，令人望而生畏的怪物，貝希摩斯的本性卻還是一個不諳世事的女孩。在來到人類社會後她做的第一件事，如大多數女性一樣，就是拉著身邊的男伴逛商場。

人類精緻的手工藝品和別出心裁的衣飾，總是能輕易吸引貝希摩斯的目光。被拉著逛遍了整座城市的商場後，貝希摩斯竟又提出新的請求，公爵大人終於忍無可忍了。

「恕我提醒，貝希摩斯，作為一隻怪獸，人類的服飾根本就不適合妳。」

「怪獸？」貝希摩斯尖叫，「你竟然這麼說一位淑女？姬玄，沒想到你竟然如此不紳士！」

她氣憤道：「你說說看，像我這樣正值青春年華的女孩，追逐時尚難道不是天性？你不陪我就算了，竟然還說我是怪獸，難道我哪裡不美貌嗎？」

姬玄打量著她，一個十一、二歲的小女孩，化作人形的地獸只能說是可愛，與美貌可是大大不沾邊。

於是他不接話題，轉而道：「我們來這裡可不是為了玩鬧，別忘了正經事，貝希摩斯。」

「我當然知道什麼是正經事。」有著小女孩外貌的地獸驕傲地道：「但是對我來說，欣賞衣服、品嘗美食也是一件正經事。我可以肯定地說，現在魔界不知有多少女性魔物在羨慕我呢。」

「這些都是過眼雲煙，只不過是人類製造的玩具。」姬玄簡直不能理解女性同伴的審美。

「算了，跟你說了你也不懂。蠻夫不理解藝術，只知道武力。」貝希摩斯憂愁道：「我已經厭倦了一天到晚枯燥地鬥爭，哪怕是殺人，時間久了也會膩的。在這一點上，人類做的好多了，他們享受物質，揮霍情感，活得比我們還快活。」

「不可理喻，為一些不值一提的事情浪費時間。」姬玄冷嘲道：「所以人類才如此弱小。」

「那可不一定。利維坦說過，一旦人類放棄對藝術與情感的追求，他們就好對付多了，不過那樣人類的靈魂也將不再美味。」

貝希摩斯笑道：「雖然我不明白他這句話的意思，但是我想，至少在這一方面，人類比我們擁有得多。不然，你以為魔物為什麼總是渴求人類的靈魂，難道不是因為他們擁有我們缺少的東西嗎？」

「無論如何，他們只不過是食物。」姬玄冷冷道：「食物不需要思想。」

「既然你這麼說……」

見怎麼也無法說服對方，貝希摩斯索性想出了一個主意，「那麼就來玩個遊戲，做個比試，如何？」

她說出自己的比賽要求。

「我們各自尋找一個人類，觀察他們的靈魂，最後比較誰的獵物更加美味，以此來證明，究竟是我正確還是你正確。當然，比試會有賭注。」貝希摩斯狡黠地說：「如果你贏了，我今後再也不拉你逛街，任你自由來去，怎麼樣？」

原本不甚有興趣的姬玄，聽到賭注後不由得動心。

「一言為定？」

「一言為定！」

於是，一場關於人類靈魂的賭博，在兩個魔物之間展開。

為了贏得比試，以免再被貝希摩斯浪費時間，姬玄不遺餘力地開始尋找目標。

傲慢狂妄的官員、自私貪婪的商人、沉迷快感的癮君子，每一個可能目標，他都一一觀察，但是得到的結果往往令人失望。

不夠，不夠，還是不夠。這些人雖然擁有墮落的靈魂，卻無法激起魔物內心的捕獵欲望，味同嚼蠟，遠遠達不到令人滿意的地步。

姬玄知道光憑這些，想要勝過貝希摩斯是不可能的。畢竟她可是從開天闢地以來就存在於世界的凶獸，最知道人類的缺點與醜惡。

或許，一開始答應這場比試，就已經落入對方的陷阱。

就在姬玄為此而忙碌奔波於城市各處時，他卻在一個僻靜的社區停住了腳步。

這是一個遠離市中心，有些破舊的社區，三三兩兩的大樓間，陳列著生鏽的遊樂器材。花壇的灌木常年無人修剪，肆意生長到主幹道上來，道路上的地磚早已破爛，連走路都不方便。

然而就是在這麼一個不起眼的地方，姬玄聞到了一絲特別的味道。他循著這絲氣味走去，看到的是坐在社區綠地深處，一個上了年紀的人類。

那是一個年老的女性人類，她背靠在一棵大樹上，呼吸輕得幾乎像是死去，但其實她只是睡著了。

就在姬玄靠近時，這滿頭白髮的女人突然睜開了眼睛。

「ㄚㄚ？」

她期待而又慌張地問。

然而，回答她的只有風吹樹葉，沒有半個人影。

半晌，女人輕輕嘆了口氣，「又做白日夢了。」

她扶起一旁的枴杖，慢慢站起身，一步一步往家走去。

正是吃午飯的時間，社區裡難得有些人氣，路上有人遇到她，客氣地招呼道：「張婆婆，回家吃飯？」

「哎，是啊。」

那人又問：「今天您兒子和孫子來看您了沒有？馬上就要到中秋啦。」

「他們都工作忙，沒時間，我不能耽誤他們啊。」

張婆婆回答。鄰居訕訕一笑，告別走了。

一直以來都是一個人冷清地吃午飯，張婆婆已經習慣了，然而今天她回到家時，竟然在門口看到一個意想不到的人。

「如海？」

張婆婆愣愣地喊著兒子的名字，睜著年老昏花的眼睛，拚命想要看清那個熟悉又陌生的影子。她心裡湧上一絲欣喜，然而這份快樂還沒來得及浮出到嘴角，就被生生地凍住了。

「你怎麼來了——」

「媽！求求妳了。」張如海撲通一下跪下來，「求求妳讓我把這間房子賣了吧，求求妳了！」

她一顆剛剛暖起來的心，又冷了。

「兒子啊。」張婆婆說：「你是想把我逼上死路啊。」

張如海看著年邁的母親，眼中閃過愧疚與不忍，但是最終全部化為昏黃的餘燼，不見痕跡。

他咬咬牙，狠狠叩首道：「媽，您是我親媽，我是您親兒子，這是鐵打的事實。但是，我也有兒子，子軒他是我兒子，也是您孫子啊。如今孩子大了，卻還沒有錢買房，根本討不到老婆。您就當是為了他，為了張家延續子孫，讓我把這裡的房子賣了吧，媽！」

中飯的時間，家家戶戶都有人在，隔著一扇鐵門、幾片玻璃，不知有多少雙眼睛在窺視著這處人倫哀事。然而，張如海一下一下磕著頭，從來沒有停過。

正如張婆婆所說，他故意挑這個時間，故意當著眾人的面，這是不給她活路。

「你走。」

張婆婆突然開口，拿起枴杖往兒子頭上打去。

「房子我不會賣，你也別再給我過來！」

張如海狼狽地躲避著母親的枴杖，看見她毫不妥協的舉動，算是徹底明白了。臨走前他狠狠道：「媽，既然妳這麼不給情面，那我們法庭上見。這房子，可也有我的一半！」

「你給我滾！」

張太老用力地把枴杖扔了出去，卻仍在了牆上，發出空蕩的回聲。這聲音敲在她心上，也是一下一下抽搐地疼。她拾起枴杖，像是一隻老邁的母獅，用盡最後的力氣保護著什麼。

「滾，滾，都給我滾。房子我誰也不賣，誰也不賣！」

張如海頭也不回地走了，只留下他年邁的母親蜷縮在牆角，悲愴無助，卻也沒有依靠。

姬玄的身影悄悄從黑暗中浮現。

他看著張婆婆，聞到空氣中充斥著一種誘人的味道，那是吸引著魔物的食欲，令他們蠢蠢欲動的美味。

姬玄緩緩勾起嘴角，也許在這裡，他可以找到符合條件的人類靈魂。

午飯時間，家家飄著飯菜的香味。

張婆婆摸索著牆角站起來，回到自己冰冷的家中，她緊握著胸口的吊墜，像是墜入深海的人抓住最後一條救命繩索。

「ㄚㄚ，ㄚㄚ。」老人閉起眼，皺紋爬滿眼角，「要是妳還在這裡就好了，媽媽好想妳啊，ㄚㄚ。」

她對著胸口的吊墜說話，反覆念叨著，經久不停。

黑暗中的魔物，緊緊窺伺。

須臾，空氣中傳來一聲幽幽輕音。

「媽。」

張婆婆驀然抬起頭，昏花的眼裡是滿是不敢置信和驚喜。

「ㄚㄚ？」

老人環顧空無一人的房間，叫著死去多年的女兒的名字，「是妳嗎？是妳回來看我了嗎，ㄚㄚ？」

「媽媽，是我，我回來看妳啦！」

ㄚㄚ的聲音迴盪在房間。

「媽媽，我也好想妳，好想妳啊……媽……」

幽靈般的聲音傳進耳中，如同捶打在耳膜上，引起一陣波動。

「——妳恨弟弟嗎？」

張婆婆一愣，驚喜的表情逐漸沉澱下去，變成一片複雜的深潭。

然而那幽靈的聲音卻餘音嫋嫋，撥動得人心再也不平靜。

恨嗎？恨嗎？

張婆婆看著自己苦幹多年、乾瘦枯黃的雙手，想起忙碌了大半輩子，如今卻孤零零無人陪伴，唯一的兒子還算計著要剝奪她最後一片立足之地。這個兒子，當年也是她辛辛苦苦拉拔長大，當作寶貝一樣寵愛著的。

而如今，如今……

張婆婆的眼中盈滿淚水。

她再也說不出一句話，眼神卻慢慢凝固。

那是被悲傷與恨意充斥的目光。

目睹一切的魔物將自己掩藏在陰影中，掩去唇邊深勾的笑紋。

種子已經種下，接下來，只需等待發芽。

那天，魔物公爵帶著等待收穫的愉悅心情回到住處，見到了自己的競爭對手。

「看來你似乎找到了好獵物。」貝希摩斯好奇道。

姬玄淡淡一笑。

「也許妳是對的，貝希摩斯。」

魔物說：「人類，果然是活在感情中的生物。」

——番外〈魔物與人類〉完

高寶書版集團
gobooks.com.tw

輕世代 FW149
滅世審判02

作　　者　YY的劣跡
繪　　者　水　々
編　　輯　林紓平
校　　對　林思妤
美術編輯　林家維
排　　版　彭立瑋
企　　畫　林佩蓉

發 行 人　朱凱蕾
出　　版　英屬維京群島商高寶國際有限公司臺灣分公司
Global Group Holdings, Ltd.
地　　址　臺北市內湖區洲子街88號3樓
網　　址　www.gobooks.com.tw
電　　話　(02) 27992788
電　　郵　readers@gobooks.com.tw（讀者服務部）
pr@gobooks.com.tw（公關諮詢部）
傳　　真　出版部　(02) 27990909　行銷部 (02) 27993088
郵政劃撥　50404557
戶　　名　三日月書版股份有限公司
發　　行　三日月書版股份有限公司/Printed in Taiwan
初版日期　2015年7月
二刷日期　2019年8月

國家圖書館出版品預行編目(CIP)資料

滅世審判 / YY的劣跡著.-- 初版. -- 臺北市：高寶國際, 2015.07-
冊；　公分. --

ISBN 978-986-361-150-9(第2冊：平裝)

857.7　　104003626

三日月書版

三日月書版

GOBOOKS
& SITAK
GROUP©

GOBOOKS
& SITAK
GROUP©